徳間文庫

人情刑事・道原伝吉

松本—日本平殺人連鎖

梓　林太郎

徳間書店

目次

第一章　炎の闇

1

八月半ばのどんよりと曇った日、松本市中心街の深志《ふかし》で火事があった。ビルのあいだにはさまれていた木造二階建ての古い民家が焼けた。七十代の夫婦と、その夫婦の孫娘と思われる年齢の女性が暮らしていた家で、白昼の午後一時ごろに出火して、半焼して鎮火した。古い家だったので、建て替えるために自分で火をつけたのではないかという人がいた。自分というのは、その家の住民の老夫婦と二十代の女性のことらしい。

鎮火して一時間あまり経った焼け跡を、松本警察署刑事課の道原伝吉《みちはらでんきち》は、吉村夕輔《よしむらゆうすけ》を連れて見にいった。

家の半分は黒い骨組みだけになって、重ねられている布団からは白い煙がゆらゆらと立ちのぼっていて、異臭がただよっていた。消防署員に話をきくと、出火時この家には、誰もいなかったらしい、という。

つまり不審火である。放火も考えられる、と署員は焼け跡のほうを向いていった。

道原と吉村は、署にもどるつもりで、あがたの森通りを歩いていたが、松本家具の展示場である「黒松《くろまつ》逸品郎」の前で、「ちょっとのぞいていこう」と道原がいって中へ入った。道原は木造の家具を見るのが好きである。家具をつくっている職人の作業を見るのも好きである。

入口の近くには、家具の材料の木目の浮いた厚い板が立てかけてあった。道原はその板をひと撫《な》でした。

テーブルが三つ並んでいた。漆《うるし》を赤黒く塗った座卓だ。どれも天井の照明をはね返していた。

「もしも買うとしたら、どれにする」

道原は吉村にいった。

吉村は、いちばん奥に据わっている黒味がかっているのを指差した。道原は、赤味がかっているほうが好みだった。

淡い色をした茶箪笥《ちゃだんす》の前に、中背の男が立っていた。白髪のまじった髪は長めだ。六十代だろう。薄茶の麻のスーツを着ている。以前、どこかで見掛けたことがあったような気がして、道原は二、三歩横に動いてその男を見直した。男は、道原に背中を向けるようにして展示場を出ていった。道原の目にはなぜか男の背中が映ったままだった。彼は立ったまま腕を組むと目を閉じた。いつ、どこで男を見掛けたのかを思い出そうとした。

「道原さん。具合でも悪いんですか」

吉村が横あいから声を掛けた。

「いや。いま、ここを出ていった男、以前どこかで見掛けたのを思い出した。どこで見掛けたのかを思い出そうとして……」

「そういうことってありますよね。思い出そうとしても思い出せないと、苛々《いらいら》することが」

吉村は、自販機で買った冷たいお茶のボトルを道原に差し出した。道原はボトルを額にあてた。

「思い出した。たしか去年の十月だった。諏訪《すわ》から、親戚の者と高校で同級生だった男がきたので、松本城へ案内した。お城と赤い橋を背景にして、二人にカメラを向けていた。そのとき、カメラの前を男が横切った。失礼な人がいるものだと思った。その男だった。いまここを出ていった男だ。間違いない」

道原と吉村は、ときどきボトルを口にかたむけながら署にもどった。パトカーが出ていった。門を出たところでサイレンを鳴らした。課長から「シマコ」と呼ばれている河原崎志摩子《かわらざきしまこ》が、「お帰りなさい」といって、麦茶を注いだグラスをテーブルに置いた。

日暮れが近づいた。風がぴたりとやんだ。松本署へ中年男が保護されてきた。松本駅前交番で保護されたのだったが、訳の分からないことをいっていることから、パトカーがその男を本署へ連れてきたのだった。

その男は駅の近くで、通行人に、「帰り道が分からなくなった」と訴えた。聞かれた通行人は「住所は」と尋ねた。すると男は、それが分からないのだと答えた。住所を答えられないのだから教えようがない。髪に白いものがまじっているが六十代見当だ。もしかしたら、知能のはたらきが低下した人ではないかと判断した通行人は、駅前交番へ男を連れていった。交番の若い巡査は十五分か二十分の間、男のいうことをきいていたが、要領を得ないので、巡回してきたパトカーの署員に話して、本署へ連れていくことにした。

本署では、生活安全課員が応対していたが、男は自分の名前さえ正確に答えられなかった。

男に会っていた生安の係長は、「正気なのか、とぼけているのか判断できない。事件性はないと思うけど、伝さんが会ってみてくれないか」と、電話をよこした。

道原と吉村は、一階の相談室にいる男に会いにいった。

ドアを開けた拍子に、道原は、あっと口を開けた。家具展示場で見掛けた男だった。去年の十月、松本城のお堀の前で見掛けた、というよりも道原が構えているカメラの前を横切った男だったのを思い出した。

道原は男の頭や顔を見ながら正面へ腰掛けると、

「今日は」

といった。男はまばたきしてから、「今日は」と応えた。無表情だ。

「昼間に、あがたの森通りの家具展示場で会いましたね」

道原は目を細めていった。

「そうですか。気がつきませんでした」

男はゆっくりした口調でいった。

「帰り道が分からなくなったということですが、お名前を教えてください」

「あじかわです」

「どういう字でしょうか」

男は顔の前で人差指を動かした。書いてみてくれといって、ボールペンとメモ用紙を置いた。男はペンをつかんだが、文字を書かなかった。

「あじかわさんですね。下の名は」

「下の名……」

「たとえば、太郎とか次郎という」

分からないというのか、忘れたのか、男は首をかしげたままだった。

「住んでいるところは、松本市内か、それとも松本市の近くですか」

男は考えているのか、思い出そうとしているのか、眉間《みけん》を寄せて黙っていた。

遠方からきたのだとしたら、松本市内のホテルか旅館に泊まっているはずだ。そこがどこなのか分からなくなったというのだろうか。

道原は、ホテルか旅館に泊まっているのかときいた。すると男は目を瞑《つむ》り、三、四分経ってから、

「みどり川旅館」と答えた。そこは女鳥羽《めとば》川沿いの古い旅館である。

「みどり川旅館に泊まっているということは、遠方から松本へきたということですね。どこからきたんですか。住んでいるのは、どこなんですか」

自分の姓をあじかわといった男は、数分のあいだ道原の胸のあたりに視線をあてていたが、

「しみずです」

と、小さい声で答えた。

「しみずというと、静岡県の清水のことですか」

男は、ゆっくりと顎《あご》を引いた。

「松本へは、用事があってきたんですね」

男は返事に迷っていたのか、二分ぐらい経ってから顎を動かした。

「あなたは、去年の十月にも松本へきていますね」

道原はきいたが、男は返事をしなかった。

道原は隣室へ移って、みどり川旅館へ電話を掛けた。あじかわという男性が滞在しているか、ときいた。

電話には女性が応えて、

「はい。一昨日《おととい》から」

と答えた。宿帳に必要事項を記入してもらったかをきくと、書いてもらっている、といった。帰る道が分からなくなったといって、松本駅前交番へ保護されたのだと説明した。

「まあ。……いままでそんなことはなかったのに」

旅館の人はあきれているようだったが、車で迎えにいくといった。道原は、男は松本署にいることを伝え、男が記入した宿帳を持ってきてくれと頼んだ。

男には、みどり川旅館の人が迎えにきてくれることを伝えた。男はなんの返事もせず、壁を向いたり、天井を仰いだり、ボールペンを持ったりしていた。外を歩いているからか、顔も手も陽焼けしているが、シャツで隠れている部分の肌は白かった。手を見ると、少しばかり皺《しわ》は寄っているが、力仕事をしてきた人ではなさそうだ。怪我などの跡もない。

「松本へは、どんな用事できたのですか」

道原は、正面に腰掛けてきいた。

「そろそろ、ご飯ですね」

男は見当ちがいの返事をした。空腹なのではないか。

「お昼は、なにを食べましたか」

男は瞳をくるりと動かすと、

「カレーを食べたくなりました。カレーを食べてきます。待っててください」

といって、立ち上がろうとした。

彼は六十をいくつか出ていそうだ。知能のはたらきが低下した認知障害がすすみつつあるのではないか。

旅館の女性が二人到着したという連絡があった。四十代の人と三十代に見える人で、迷惑を掛けた、と身内のような挨拶《あいさつ》をした。

道原は別室で宿帳を見せてもらった。

［味川星之助《あじかわほしのすけ》　六十四歳　住所・静岡市清水区新富町《しんとみちょう》　職業・会社員］

「これは、去年書いていただいたものです。きのう、お部屋へ用紙を置いたのですが、一字も書いてありませんでした。去年の十月においでになったときは、お城を見たことを話していましたけど、今回はほとんどお話をしませんし、ものをきいても、見当はずれのようなお返事をしました。それで、そういっては失礼ですけど、ボケの症状がすすんでいるのだとみていました」

四十代の澄子《すみこ》という女性が答えた。

「去年、松本へきた目的はなんだったのでしょう」

道原が細い目をした澄子にきいた。

「観光だったと思います。一日は松本城や市内見物をして、次の日は上高地《かみこうち》へいってきたとおっしゃっていました」

「単独でしたか」

「お一人でした」

去年きたときは、松本はきれいな街だときいていたが、想像以上だったとか、上高地は寒かったと話していた。二年つづけて訪れたのだが、今年の目的はなんだったろうか、と澄子にきいた。

「この街が好きになったのではないでしょうか。今回おいでになった最初の日に、どこを見物なさるおつもりですかとうかがいましたら、『市内』とだけおっしゃいました」

味川星之助は、みどり川旅館に二泊していた。

一泊目は八月十一日で、午後五時ごろ訪れて、泊まれるかときいた。澄子は味川の顔を憶えていた。彼は入浴して、一階の食堂へ入ってきた。三組の客が食事をしていた。彼は三組の客の風采をたしかめるような表情をしてから椅子《いす》に腰掛け、びんビールを頼んだ。

次の日は午前十時ごろ旅館を出ていった。

「きょうはどちらへ」と澄子がきいたが、彼はなにも答えずに出ていった。

どこへいってきたのか、上着を腕に掛けて、「信州は涼しいと思っていたけど、暑い」といって午後五時ごろに帰ってきた。

けさもきのうと同じで、どこへいくとも、なにを見るともいわず出ていった。旅行鞄《かばん》を部屋に置いたままなので、今夜も泊まるものと旅館はみていた。

「これまで、迷わず帰っておいでになったのに……」

澄子は年下の女性とうなずき合った。

きょうの味川は、午後三時ごろ、市内あがたの森通りの家具展示場内にいた。展示されている家具を見ていたようだが、道原たちが入っていくと、姿を見られたくなかったとでもいうように、展示場を出ていった。その目つきと動作を見て、道原は去年の秋、松本城で会ったことのある男だったのを思い出したのだった。

その男が、街を歩いているうちに帰るところを忘れてしまったのだという。道筋も旅館の名も思い出せなかったようだ。それは意識障害や脳障害によるものなのか。部分的に記憶がなくなる部分健忘という症状を持っているのか。

味川星之助は、旅館の二人の女性に車に乗せられて松本署を出ていった。

2

道原は帰宅してからも味川星之助という古風な名の男の表情や動作が、頭から消えなかった。なにかがちぐはぐなのだ。前の日には夕食前の時間に旅館にもどってきていたのに、きょうは旅館へ帰る道筋が分からなくなった。駅前交番で旅館名をいえば、そこへのいき方を教えてもらえたのに、去年も泊まり、今年も利用している旅館の名さえも思い出せなくなった。

去年は、初めて松本へやってきて、観光旅行を楽しんだようだが、今年はどんな目的でやってきたのか。

道原は出勤すると清水警察署へ電話した。新富町に味川という家があるか。あればその家族、星之助の職業、退職していれば勤務していた事業所名と役職などの調査を依頼した。

それの回答は午後にあった。清水区入船町《いりふねちょう》の横芝《よこしば》産業という各種の釣り針を製造している会社。味川星之助は、旧清水市内の高校を卒業して横芝産業へ就職した。入社後、約六年間は製品の検査部門にいたが、その後、仕入部門を経験して営業部に転じた。営業部副部長を四年間務め、六十三歳の昨年退職。定年は六十五歳だが、病気がちになったため、定年の二年前に退職した。

家族は、妻千代子《ちよこ》・六十一歳と父勇一郎《ゆういちろう》・九十歳。

長女清見《きよみ》は古川和久《ふるかわかずひさ》と結婚して、清水区内船越町《ふなこしちょう》に居住。次女詩季《しき》は笹井文成《ささいふみなり》と結婚して、清水区内日立町《ひたちちょう》に居住。

住居は自宅で、星之助の出生地でもある。星之助には弟健二郎《けんじろう》がいて、清水区内南岡町《みなみおかまち》に住んでいる巴川《ともえがわ》造船の社員。


清水署から届いた報告書を、道原は三船《みふね》刑事課長に見せた。

「味川には父親がいるのか。九十歳の人は珍しくはないけど、なかには手のかかる人がいる。そういう家の奥さんは大変だろうね」

課長はそういったが、味川星之助は、去年も今年も松本を訪れている。観光旅行なのか、気に入った土地なので訪ねてみたくなるのだろうか。

道原の知り合いに、京都好きの男がいる。季節を問わず、右京や左京の寺院を独りでめぐり歩いている。行くたびに訪ねる寺があるといったので、それはどこかと道原はきいたことがあった。

「苔寺《こけでら》と呼ばれている西芳寺《さいほうじ》と化野念仏寺《あだしのねんぶつじ》と寂光院《じゃっこういん》だ」といってから、「寂光院へはいかないことにした」といった。なぜかときくと、以前はひっそりしたたたずまいの寺だったが、最近は観光客が多すぎるからだという。彼は嵐山《あらしやま》の静かな住宅街を歩いて、二尊院《にそんいん》へ寄ることが多くなったといった。右京区嵯峨《さが》の二尊院は、釈迦如来《しゃかにょらい》、阿弥陀《あみだ》如来の二体の本尊を祀《まつ》ることが寺名の由来だ。

「二年つづけて二尊院へいったが、観光客は一人もいなかった」

といって、秋の「紅葉の馬場」の写真を見せてくれた。

深志の住宅火災現場で、出火原因などを検《しら》べていた消防署と警察は、放火の疑いがあるとみるようになった。その証拠は、台所の出入口に近い溝のなかで透明の高さ一五センチほどのガラスびんが転がっているのを見付けた。それを拾って検査したところ、灯油が入っていたことが判明した。ドアに灯油を振りかけて火を付けた可能性が考えられるということになり、それを警察に伝えたことから捜査に乗り出した。

焼けた家に住んでいたのは、上条貞彦《かみじょうさだひこ》・七十六歳と妻悦子《えつこ》・七十三歳と二十代後半の女性だった。火災の日、上条夫婦は、市内の眼科医院で目の検査を受けた。そのあと夫婦が毎月診《み》てもらっている内科医院へ二人でいき、城東《じょうとう》の菓子屋で和菓子を買った。各医院も菓子屋も歩いていける距離だったので、夫婦は手をつなぐようにして深志の家へもどりかけた。と、自分たちの家は半分焼け、焦げた柱から白い煙が出ていた。それを見た夫婦は、道路の端にすわり込んだ。その二人を見た消防署員は、「燃えたのは知り合いの家か」ときいた。

「わたしたちの家です」

妻は夫の肩を抱いて答えた。

消防署で事情をきかれた夫婦は、いつも火の始末には気を使っているし、出掛ける前に、消し忘れはないかを点検した、といった。

松本署は消防署から、深志の上条家の火災には放火の疑いがあるという連絡を受けた。

「伝さんと吉村は、焼け出された上条夫婦から、放火の疑いを念頭に入れて、事情をきいてくれ」

三船課長は、「放火」という言葉に力を込めた。

「七十代の夫婦の家へ火を付ける。夫婦は何者かに恨まれていたのかな」

道原は車に乗ると、ハンドルをつかんだ吉村にいった。

「長生きしていると、いろんな目に遭うんですね」

「いま、七十代は、長生きなんていえないよ」

「そうでした。九十代が珍しくない」

上条という家の焼け跡は、黄色のテープで囲まれていた。隣接の灰色のビルの壁は炎に炙《あぶ》られてか、黒い斑《むら》をつくっていた。

上条貞彦と妻は、どこへ避難したのかを近所の家できいた。

「松商学園高校の東に、上条さんの弟さんの家があります。そこへ三人は身を寄せているようです」

近所の髪の白い主婦がいった。

「三人……」

道原はつぶやいてから、上条夫婦の家には孫娘ぐらいの女性が同居していたときいたのを思い出した。

車は、あがたの森公園の前を通過して、薄川《すすき》に向かって右折した。上条光則《みつのり》と太字の表札の出ている門構えの家は大きかった。木塀にはアサガオの蔓《つる》が巻きついていた。茶色の大型犬が一声吠《ほ》えた。

光則の妻が出てきて、二人の刑事を洋間へ通して、氷の浮いた麦茶を出した。

「立派なお宅ですが、ご主人は商売でも」

道原が郷子《さとこ》という光則の妻にきいた。

「沢村《さわむら》に輝石《てるいし》建設という会社があります。主人はその会社をやっております」

輝石建設という立て看板をどこかで見た記憶があった。それを吉村にいうと、信州大学の付属病院で見たのだといった。

「そうだった。……輝石建設さんは、いいお得意さんをお持ちで」

道原がいうと、郷子はにこりとした。

貞彦と妻の悦子が、洋間へ入ってきた。椅子を立った二人の刑事に、頭を深く下げた。

貞彦は洗いざらしの白い半袖シャツ、悦子は水色の半袖シャツを着ていたが、住居と家財を失ったからか、心身ともに疲れているようだし、顔のしわが深く見えた。

「消防は放火とみています。とんだ目にお遭いになりましたね」

道原がいうと、

「わたしたちは、人さまに恨まれているようなことを、した覚えは、ありません」

悦子はそういうと、口に手をあてた。貞彦は口を固く結んでむっつりしていたが、

「刑事さんは、家に火を付けた者に、心あたりはないかと、それをおききにおいでになったんでしょ」

と、わりにはっきりした口調でいった。

道原は、そのとおりだと答えて、夫婦の顔を見直した。

「深志のお宅には、若い女性が同居していたそうですが、その人もこちらへ」

「家があんなことになったので、べつのところへ移ってもらいました」

「べつのところというと……」

「里山《さとやま》辺《べ》のアパートです」

「女性は、なんという人ですか」

「倉《くら》木《き》円《まど》佳《か》です」

年齢をきいた。二十六歳だときいていた、と貞彦が答えた。

道原は、倉木円佳との続柄をきいた。

「続柄……。親戚なんかではありません。新潟市の人ですが、松本へ観光にきて、新聞広告を見て、……私が出した募集広告です。それを見て訪ねてきました。新潟では、会社勤めをしていたが、退職して、一、二か月休むことにして、松本へ遊びというか、観光にきたんです」

「募集というと、どういう仕事をしてもらうことに……」

貞彦は右の手を揉むような動作をした。

「家事手伝いです。家内は目が悪くなったせいか、台所で物を取り落とすようになりましたし、買い物にいって、間違った物を買ってくることがあります。それで、丈夫そうな人をと思ってたら、若い人が面接にきてくれて、びっくりしました。お手伝いだというと、分かっていますといいましたし、住み込みができるというので、働いてもらうことにしたんです」

「倉木さんは役に立っていましたか」

「はい、想像していた以上でした」

「想像以上……」

道原は首をかしげた。

「そういっては失礼だが、若いので、気が利かないのではと思っていたんです。ところが、綺麗《きれい》好きだし、料理は上手だし、買い物に出掛けてもすぐにもどってくるしで、いい人にきてもらったと家内と話していました」

貞彦は初めてにこりとした。

自宅の火災の日は、どこへいっていたかを、道原はきいた。

「県《あがた》の両角《もろずみ》眼科と宮沢《みやざわ》内科です。そのあと菓子屋と大安堂《だいあんどう》書店へちょっと寄って帰りました。宮沢内科では、私も家内も診てもらいました」

「倉木さんも外出していたようですが、どちらへいっていたのかご存じですか」

「買い物です。家内が天ぷらうどんを食べたいといったので。亀屋《かめや》へいって、天ぷらと、それから味噌《みそ》と焼酎《しょうちゅう》を買ってきました」

亀屋というのはスーパーマーケットで、歩いて七、八分のところだ。

彼は毎晩、焼酎をお湯で割って飲んでいるといい足した。

買い物からもどると、自分が住んでいる家が燃えて半分が崩れていた。円佳は離れた場所から火事を見て、震えていた。そこへ貞彦と悦子がもどってきて、燃えたのが我が家だと知り、腰を抜かしたように道ばたへすわり込んだ。三人は近所の家へ担ぎ込まれるようにして、抱き合っていたという。

そのあと、消防署でも警察でも事情をきかれた。

その日から貞彦と悦子は、弟の家に世話になることにした。円佳もいったんは貞彦の家へいったが、自分がやる仕事はなくなったのだから退職するといった。新潟へ帰るのかと思ったら、松本に住んでいたいといった。そこで貞彦が里山辺の知り合いに電話をした。アパートを持っているのを思い出したので、空室があるかをきいた。二部屋空いていると返事があった。円佳はアパートを見にいき、東と南に窓のある二階の角部屋を気に入ったといった。

「来客用にと買った布団と毛布があるので、それを使ってください」

光則の妻の郷子が、押入れを開けて円佳に見せた。

円佳は、

「高級品ではありませんか」

といって、目を丸くした。

郷子は炊事用具と食器を台所から出してきて、使いなさいと円佳にすすめた。彼女は、「いい物ばかり」といって喜んだ。

寝具と炊事具を乗用車に積んで、円佳を郷子がアパートへ送ることにした。

円佳は、「ご用があったら、いつでも呼んでください」と、貞彦と悦子にいい、電話番号はまちがいないかと、悦子が持っているスマホに登録してある番号を確認した。

円佳が去っていくと貞彦は、

「気が利くいい娘だったのに……」

と、庭に立っていった。

3

深志の上条家の火災は白昼である。放火の疑いが出てきた。放火だとしたら近所には、不審な者を見た人がいるのではないかということになり、道原を先頭に六人の刑事が分散して、近所の家や会社や商店などを聞き込みした。

上条家の火災で壁を焦がされたビルの二階の設計事務所の女性社員が、「二日つづけて同じ人を見ました。最初に見たときは、たしか白い半袖シャツ姿でしたけど、二度目のときは、白っぽい上着で、帽子をかぶっていました」

といった。そのビルの反対側には細い路地と側溝があって五階建てのビルがある。そのビルの二階の会計事務所の女性職員も、「帽子を目深にかぶった年配の男性が、真下の路地を行ったり来たりしていました」と語った。

その男の体格をきくと、中背で痩《や》せぎすだったという。道原たちは二人の目撃談を重要視した。

「その男、もしかしたら味川星之助では」

吉村が首をかしげながらいった。

味川という静岡市清水区から松本へやってきた男の身長は一六〇センチあまりで、痩せぎみだ。そのほかからだつきに特徴はない。顔のつくりは柔和で、若いころはいい男といわれていただろうと思われる。松本へは二年つづきでやってきた。観光目的らしいがどこを見てまわったのかははっきりしていない。八月十三日の午後には、市内中心地の黒松逸品廊にいた。そこでは箪笥やテーブルなどを見ていたらしいが、どのくらいのあいだ家具を見ていたのかは分からない。道原と吉村が入っていくと、背中を向けて出ていった。そのときの後ろ姿が、道原の目には焼きついている。火災現場近くの設計事務所と会計事務所の人が目撃した、「見馴れない男性」は味川だったのではとも思われる。

道原は、三船課長と話し合って、味川の身辺を詳しく調べることにした。

味川が住んでいるのは旧清水市だ。市街地は南北約一〇キロ、東西約三キロの広さで、全国的には知名度の高い土地である。有名なのは「三保《みほ》の松原」だ。そこには天女が水浴びのために脱いだ衣をかけたといわれている「羽衣の松」がある。蒼《あお》い海を越えて富士山を眺められる。その美しい山は海に浮いているようだ。鎌ケ崎《かまがさき》の白い波打ちぎわは長く、松籟《しょうらい》をきかせている。道原は五、六年前に三保を訪ね、砂浜に立って、山頂だけが白い富士山を眺めた。それはまるで絵を見ているようで、しばらく動くことができなかった。

上条家の火災と味川は関係があるかもしれないということになり、火災現場付近の防犯カメラが記録している映像を見ることにした。半焼の上条家にはカメラはなかった。北と南に七、八〇メートルはなれた駐車場のカメラの出火当時の映像を見たが、味川らしい男は映っていなかった。上条家から歩いて七、八分のところにスーパー亀屋があって、そこのカメラには味川が映っていた。彼が店を出入りした姿である。店を出てきた彼は水のボトルを手にしていた。それは火災の日の午後一時である。上条家から火災の炎が立ちのぼった直前だ。

水のボトルを持った味川は、あがたの森通りへ出て、黒松逸品廊へ入ったらしい。それは午後一時三十一分。道原と吉村が黒松逸品廊へ入ったのは、午後三時三十分。その場内で道原と吉村は味川を見掛けている。味川は家具展示場に約二時間いたことになる。展示場は一階と二階だが、二時間も見学するほど広くはない。彼は、係員と家具を買うための交渉でもしていたのだろうか。

吉村は、上条家の火災と味川は無関係のような気がするといったが、道原は防犯カメラの映像をプリントしてもらい、それを持って黒松逸品廊を訪ねた。そこには男女の係員がいて、ガラス張りのせまい事務室で顔を伏せて事務をしていた。

道原はその二人にプリントを見せ、憶えているかをきいた。二人の係員は顔を見合わせてから、憶えていないと答えた。憶えていないということは、商談などを持ち掛けられたことがなかったからだろう。

焼けた上条家をはさんでいる格好の二棟のビルの窓から、付近を行ったり来たりしていた男を見たといった設計事務所と会計事務所の人に、味川の写真を見てもらった。設計事務所の人は、「分かりません」といったが、会計事務所の女性は、「この人だと思います」と答えた。

署へもどるとシマコが、

「上条悦子さんという方から、道原さんに電話がありました。急ぐ用事ではないといっていましたけど」

といった。

深志の自宅を焼かれた上条貞彦の妻だ。夫の弟の家で落ち着けるようになったとでもいうつもりだったのか。

道原は、少し高い声で話す悦子に電話した。

「相沢《あいざわ》さんの奥さんから電話があって、ちょっと気になることがっていわれましたので」

相沢というのは、里山辺のアパートの家主である。上条夫婦の家事手伝いをしていた倉木円佳がアパートの一室を借りたが、そのことと関係でもあるのか。

「気になることとは……」

道原は受話器を持ち直した。

「倉木円佳さんは、新潟市の出身ということでしたけど、それは嘘《うそ》のようだと相沢の奥さんがいいました。相沢の奥さんは新潟の出身です。円佳さんと話をしているうち、新潟の人とはちがう土地の言葉と訛《なまり》があるのに気がついたそうです。大したことではないような気がしますけど、なぜ出身地を隠すようなことをするのかが気になったといいました」

悦子はゆっくりとした口調でいった。

「それはおかしい。出身地がどこでもかまわないのに、なぜ隠しているのか」

「そうなんです。隠す必要はないのに。……素直だし、よく気の付くいい娘ですよ、円佳さんは。なぜなんでしょうか」

悦子はさかんに首をかしげているようだった。

上条夫婦にとっては、円佳がどこの出身でもかまわなかったが、出身地を偽っているのを知ってからは、それまでとはちがう目で彼女を見るにちがいない。倉木円佳には、出身地を知られると都合の悪いことでもあるのか。道原は悦子のいったことをノートにメモした。

「出身地を偽るとは、どういうことでしょうか」

吉村はノートを開いてメモを取る用意をした。

「第一に考えられることは、犯罪だろうな」

「犯罪を犯した土地だから、それを隠す必要があったということですね。出身地を新潟ということにした理由は、なんでしょうか」

「どこでもよかったが、長野県とは隣り合わせだからじゃないかな。北海道だとか九州だというと、なぜそんな遠方からきたのかと怪しまれそうだからだろう」

道原と吉村は、あす、静岡市清水区へいくための出張準備をした。列車で東京へ出て、東海道新幹線に乗ることにした。

4

松本から朝一番の特急に乗った。朝飯は車内。ボトルのお茶を飲むと、道原と吉村は上諏訪あたりで目を瞑った。約三時間で新宿に着き、満員の電車で東京駅へ。「こだま」に乗って正午近くに静岡に着いた。

味川星之助が勤務していた横芝産業は、マリンパーク近くの入船町にあり、その工場の横は「エスパルスドリームプラザ」だった。

その会社の事務室へ入ると、壁に大きい額があって、大小さまざまの釣り針が収まっていた。金属製の音と地面を叩くような音もきこえた。

以前勤務していた味川星之助さんについてききたいことがある、と女性社員に告げると、応接室へ通された。その部屋にも釣り針の見本のような額があった。

十数分経つと、力士のような体格の五十代見当の総務部長が現れた。顔は陽焼けしていて、額の半分上は白かった。ゴルフかテニスでもやっているらしい。道原が渡した名刺をじっと見て、

「長野県警の方が、わざわざ。いったいどういうご用ですか」

と、丸い目をした。

「以前、こちらに、味川星之助さんという方がお勤めでしたね」

道原がきいた。

「はい。幹部社員でした」

部長はそういってから、定年は六十五歳だが、ある事情から味川は二年前の六十三歳で退職したと答えた。

ある事情とは、どんな、と道原は首をかしげた。

「初老期にあらわれる認知症だと、彼を診た医師はいいましたが、奇行があらわれるようになりました」

「奇行。……どんなことをするのですか」

「最初に気付いたのは、日中の地震があったときでした。震度3ぐらいの揺れだったと思いますが、勤務時間内なのに彼は帰宅して、書棚を片付けていたんです。地震の発生直後に、彼は社内からいなくなったので、心配した社員が自宅へ電話したんです。そうしたら奥さんが電話に出て、『主人は帰ってきています』といったんです。……それより少し前のことですが、港の近くで遊んでいた四歳だったか五歳だったかの男の子と手をつないで、岸壁を連れまわしていたんです。市場の人がそれを見て、不自然だと感じて、警察に連絡しました。子どもの親は、交番のおまわりさんと一緒に、子どもの行方をさがしていたんです。……そのことがあって一か月ぐらいあとだったと思いますが、当社とは関係のない会社へいって、女性社員の席にすわっていたんです。その会社にはたまたま味川を知っている社員がいて、ここへ電話をくれました。

なぜ無関係の会社へいったのかをききましたら、『分からない』とか『忘れた』などと答えました。……それで病院へいって診察を受けてもらいました。医師は、いわゆるボケが進行中だといいました。私は何度も味川に、彼のやったことを話しました。すると彼は、『憶えていない』と首を振っていました」

「味川さんは過去に、脳に関係のある病気とか、頭部に怪我をされたことはありませんでしたか」

「きいたことはありません。なかったと思います」

総務部長はわずかに首をかしげ、味川の妻からこういうことをきいたといった。それは、葬儀場でのことだった。味川と妻は遺影を見ながら並んで供養していたのだが、彼は祭壇に手を伸ばして、供えられている白い饅頭《まんじゅう》をつかんだ。口に入れようとしたらしかった。妻はあわてて、彼の手を叩いたのだという。

味川の父の勇一郎は九十歳だが、何日間も寝るような病気をしていないし、毎朝、自宅近くの公園でのラジオ体操に参加しているし、買い物をしていることもある。彼はいつも星之助の行動や行為が気になっているらしくて、「息子が先にボケるなんて」といって、嘆いているらしい。

「私は勇一郎さんとも顔馴染なんです。一か月ほど前にも、この近くを散歩中の勇一郎さんに会いました。たびたび外に出ているらしく、陽に焼けていて、健康そうでした。何年も前のことですが、川遊びをしているうちに深みにはまって、溺《おぼ》れていた子どもを助けたこともありましたし、火事になった家からお年寄りの女性を助け出したことで、表彰された人だったんです」

「九十歳の方が壮健で、六十代の人が認知症……」

道原はつぶやくようにいって、ノートのページをめくった。

「味川星之助さんは、二年つづきで松本へいっています。去年は上高地へいってきたようですが、今年は松本市内を歩いているようです。松本へきて三日目の八月十三日のことですが、泊まっている旅館へ帰ることができなくなりました」

「どういうことですか」

総務部長は首を前へ出した。

「旅館の名も、そこへの道筋も分からなくなったんです」

「泊まっている旅館へもどれなくなったとは……。そういう症状の人が、旅行するのは、危険なのでは」

「そう思っています」

道原は、ペンを持っている手を顎にあてた。

「刑事さんは、これから……」

「味川さんに会うつもりです。奥さんからも話をききたいし」

道原と吉村は立ち上がった。総務部長は味川の住所への道筋を教えてくれた。

味川家を訪ねる前に、星之助が診察を受けた病院へいくことを思い付いた。それを
きくと、味川家とは反対方向の巴川《ともえがわ》病院へのいきかたを教えられた。星之助を診たのは葉山《はやま》という医師であるのが分かった。

五階建ての白い病院は、眠っているように静かだった。一階の受付の前では、車椅子の中年女性が、事務職員らしい女性からなにかを教えられていた。その車椅子の背をつかんでいるのは十歳ぐらいの男の子だ。男の子は職員の顔をじっと見ていた。

葉山医師は三階の診察室にいた。十数分経つと、その診察室から頭に包帯を巻いた若い男が、同年ぐらいの女性に車椅子を押されて出てきた。

メガネを掛けた葉山医師は五十歳見当だ。

道原と吉村は医師に身分証を見せた。ある患者の症状についてうかがいたいことがあるというと、医師は額に皺を寄せた。ほんとうは答えたくない、といっているようだったが、だれのことか、ときいた。

「味川星之助さんのことです」

道原がいった。

医師は、「ああ」といって、両手を頭の後ろで組んだ。がすぐに症状を思い出すことができた患者らしい。

道原は、松本市内の旅館に二泊した味川は、三日目、旅館名を思い出せなくなり、道筋も忘れてしまい、警察に保護されたのだと説明した。

「刑事さんは、味川さんが、健忘症なのかを疑っているんですね」

「そうです。泊まっている旅館の名さえも分からなくなる人が、観光旅行をするだろうかという疑いを持ったのです」

「味川さんが、なにかの事件にでも関係していそうなんですね」

「そのとおりです。重大事件が発生した現場近くにいたことが考えられたからです」

「味川さんの場合、精神状態などを観察する必要があるとみています。病状によっては、道徳観に欠けた言動にはしったり、統合失調症のような精神障害を思わせる状態を示すこともあります」

「病状によっては、ときどき正常な状態にもどることがありますか」

「あります。決まった時間に食事をしたり、仕事に就いたりする。それは正常な状態にもどったときです」

「味川さんは、脳卒中や、頭部外傷を負ったことは……」

「ないといっています」

「こちらで診ていただくようになったきっかけは、なんでしたか」

「一年ぐらい前ですが、自分のいる場所や日時などが、分からなくなることがあるといってこられたのが、最初でした」

道原は頭のなかで、「病気か」とつぶやいた。

道原と吉村は椅子を立つと、医師に丁寧に頭を下げた。


味川星之助の住所の新富町は庶民的な住宅街だった。枝を広げている柿の木のある小児科医院の前を通って右折した。せまい道の両側に二階建ての家が並んでいた。どの家も古そうだ。家並みが途切れたところからは、東海道本線と、並んで走る静岡鉄道の電車が見えた。入江岡《いりえおか》という駅も見えた。

味川家は道路の角で、隣家や正面の家よりも大きい二階建てだった。二軒はなれた家の玄関の戸が一〇センチばかり開いていたので、声を掛けた。すぐに返事があって、髪の白い女性が前掛けをつかんで出てきた。

道原が、長野県警の者だと名乗ると、

「警察の方……」

とつぶやいて上目遣いになった。

「味川さんのことをちょっと」

「なにかあったんですか」

彼女は胸に手をあてて上がり口へしゃがんだ。

「お付合いをなさっていますか」

「はい。ご近所ですので、それなりに」

味川家の家族構成を知ってはいたが、きいてみた。

「いまは、高齢のお父さんと、ご主人夫婦です。ご夫婦には娘さんが二人いましたけど、お嫁にいきました」

「星之助さんのお父さんは、お元気ですか」

「達者です。よく散歩しているのを見掛けますし、家の前で体操をしているのを見たことがあります。九十歳近いのではと思います。ここの近くの公民館の隣に玉木《たまき》さんというお宅があります。そこにも九十歳近い方がいて、味川さんはその家へ、将棋を指しにいっているそうです」

「ほう。清水では新鮮な魚が食べられるので、お元気な方が多いのでは」

「そうでしょうか。わたしの連れ合いは、六十五で亡くなりました」

彼女は口を尖《とが》らせた。

「星之助さんにお会いになることがありますか」

「めったに見掛けません。味川さんの隣の家の人からきいたことですが、一年ぐらい前に会社を辞めたそうです」

「最近、星之助さんにお会いになっていますか」

「一か月ぐらい前に会いました。この家の前の側溝が、あちこち壊れていますので、市が直すことになりました。その工事は十日ばかりかかりましたが、味川さんは毎日、工事の手伝いのようなことをしていました。……あ、思い出しました。味川さんも将棋が好きで、ときどき、玉木さんの家へいっているそうです。……それから、バッグをかついで出掛けるのを何度も見たことがあります」

「バッグといいますと……」

「ゴルフです。練習場へいくんです。それを見たうちの息子は、結構なご身分だ、なんていっています」

「歩いていくんですね」

「練習場は、歩いて十分ぐらいの巴川の近くです」

老女の話をきくかぎり、星之助には奇行はないようだ。

道原と吉村は、公民館の隣の玉木家を訪ねることにして、鉄道をまたぐ陸橋を渡った。

二人ともハンカチで首の汗を拭《ぬぐ》った。

玉木家は立派な構えの二階建てで、鉄製の門があった。インターホンに呼び掛けると女性のやや甲高い声が応じた。犬の声もした。

格子縞《こうしじま》の半袖シャツを着た四十代見当の女性が門を開けた。この家の主婦だった。

彼女の後ろを追うように白い縫いぐるみのような小型犬がやってきた。鼻と口のまわりだけが茶色だ。

「ビション・フリーゼだ」

犬種に詳しい吉村がいった。

道原が、味川星之助さんについて、うかがいたいことがあるのだといった。

主婦は玄関の中へ二人の刑事を招くと、

「星之助さんがどうかなさったのですか」

ときいた。片方の手は落ち着きなく動いている犬の頭を押さえている。

「星之助さんは、こちらへはときどき……」

「はい。月に一、二度。義父が将棋好きなので、味川勇一郎さんは毎週のように、指しにおいでになります」

「こちらの方は、おいくつですか」

「義父は八十八です」

「お丈夫なんですね」

「本人は、どこも悪くない病気だと冗談をいっていますけど、最近は食が細くなりましたし、歯の具合がよくないといって、しょっちゅう歯医者さんへいっています」

「味川勇一郎さんの将棋のお相手は、お義父《とう》さんなのですね」

「そうです。少年時代に、将棋の名人になるといっていたそうです」

玉木源造《げんぞう》という人は、少年時代剣道を習っていて、静岡県の代表として全国大会にも出場したことがあるという。

「源造さんと勇一郎さんの将棋は……」

「義父の腕のほうが上のようです。いつもよりお酒を多く飲んだときは、負けるといっています」

道原は、星之助のようすについて主婦にきいた。なにか気になる点はないかときいたのだ。

「一昨年《おととし》ぐらいからだったと思いますけど、道でお会いしたので、挨拶したのですが、知らんとでもいうふうに、ものをいわなかったことがありました。変わったことをいったりしたりする人ではなかったので、どうしてかと、義父にも主人にも話しました。それからしばらくしてからです。夜のことですが、将棋を指しにゆくがいいかって、電話をよこしたのに、何時になってもこなかったんです。それでわたしが、電話を掛けましたら、奥さんが出て、星之助は外出しましたといいました。……次の日わたしは味川さんを訪ねて、電話の件を奥さんに話しました。すると奥さんは、ときどき妙なことをするので、家でもよく観察するようにと、会社からいわれたといいました。将棋を指していても、別のことを考えているようなときがある、と義父はいっていて、星之助さんは父親よりも先にボケが進んでいるといっています」

道原は以前、信州大学医学部の教授から、「全生活史健忘」の患者の症状をきいたことがあった。「心の旅路」ともいわれるもので、ある日突然、自分がだれなのか、それまでどんな生活《くらし》をしてきたのかを、完全に忘れてしまう、という症状があることをである。

味川星之助には、それに似た症状があらわれることがあるのではないか。訪ねるつもりで電話を掛けたのに、そのことを忘れてしまう。だれかと会う約束をしたのに、その場へいかなかった。そういう行為が重なるうちに、過去のあらゆる事柄が記憶から消えてしまう。そうなると、人との付き合いができなくなる。あるいは外出先から自分の家へ帰れなくなる。

味川は、前の日に泊まった旅館の名さえも思い出せないし、そこへもどる道筋も分からなくなった。要するに過ぎ去ったすべてのことを忘れてしまった。

道原は思い付いて、みどり川旅館へ電話した。旅館へもどることができなくなったのは八月十三日だった。松本署が保護していた彼を、旅館の従業員が迎えにきたのだが、その後のことをきいていなかった。

電話には澄子という従業員が出て、

「警察からもどると、お腹がすいた、といいました。お昼を食べなかったんじゃないかとききましたけど、なにもいいませんでした。……お夕飯をしっかり召し上がって、男性従業員と一緒にお風呂に入って、お寝《やす》みになりました」

「変わった点は……」

「べつにありませんでした。ここへ帰ってこれなくなったのですから、食事をしているあいだも、ようすに注意していましたけど、特に変わったところはありませんでした。もしへんだと思ったら、ご自宅へ電話するつもりでした」

翌朝、味川は、帰宅するといって九時ごろに部屋を出てきた。澄子は車で松本駅へ送った。駅へ着くまでの道中、清水への経路をきいた。味川は、特急で新宿へいき、東京から東海道新幹線で静岡へいくとすらすらと答えた。特急の発車時刻までは十五、六分あったので、彼女はホームで見送ることにした。彼女は、列車の発車までホームに立って彼を観察していたが、異常なところはなかった、といった。

「道中、何事もなく、帰宅できたでしょうね」

道原がいうと澄子は、

「そうだと思います」

彼女の声は細くなった。清水の自宅へ無事着いたかを電話できいていなかったので、それを反省しているようだ。

道原は、星之助の最近のようすを、彼の娘にきいてみることを思い付いた。

5

味川星之助の長女の清見の住所は、清水区船越町で、古川という姓だ。広い公園が見える住宅街のなかの一軒屋だった。玄関の前にしゃがんでいる人を見たので声を掛けた。立ち上がった人が清見で、三十代後半だ。彼女は鉢植えの花の手入れをしていた。

道原と吉村は名乗って、星之助についてききたいことがあるのだといった。

「父のことを……。なにがあったのですか」

彼女はタオルで手を拭きながらいった。警戒するような目つきだ。

「最近のことですが、星之助さんは三日間、松本へいっていました」

「父が松本へいったことは、母から電話でききました」

「松本でなにがあったかを、おききになりましたか」

「いいえ、なにも。なにがあったのですか」

彼女は、二人の刑事の顔を見直すような表情をした。

松本市内の旅館に二泊したのに、その旅館名も場所も忘れてしまってもどれなくなり、警察で保護したのだと話した。

「二泊した旅館へ帰ることができなくなった……」

清見は、あきれたというように口を半開きにした。

「松本からお帰りになった星之助さんに、お会いになりましたか」

「いいえ。会っていません」

「星之助さんは、健忘症とか記銘力障害が進んでいるようですが、それらにお気付きになったことがありますか」

道原がきくと、「はあ」といって顔を伏せたが、

「祖父から、星之助はおれより先にボケてきた、といわれたことがありました」

「それはいつごろですか」

「最初きいたのは、一昨年の暮れだったと思います。……清水港の岸壁で海を眺めていたらしい四、五歳の男の子と手をつないで、岸壁を行き来していたそうです。そのことでは警察で話をきかれています。……そのことがあって何日かあと、仔猫を拾ってきました。ドラム缶の中で助けを呼んでいたといって。その猫にカンタという名をつけ、『可愛いだろ』とか、『いい名だろ』なんてわたしにいいました。ずっと前に犬を飼っていたことはありましたけど、猫は初めてでした。カンタは、いまもいるはず

です。……それから恥ずかしいことですけど、勤務中に、よその会社へいって、女性の席にすわっていたとか、お葬式に出席したとき、祭壇のお饅頭に手を伸ばしたそうです。……わたしは、母から話をきいて、顔が赤くなりました」

「そのほかには」

「一度だけですけど、この家の前を自転車を引いて、素通りしたことがありました。わたしはあわてて、外へ出ましたけど、見当たりませんでした。あとで父に、なぜ素通りしたのかをききました。すると父は、おまえの家の前なんか、素通りしたことはないっていいました」

味川星之助は、二年つづけて松本市へいっているが、その目的を知っているかを清見にきいた。

「松本を好きになったからだと思います。上高地の川や高い山を眺めたことは、何回もききました。前に話したことを忘れているんです」

星之助の次女の詩季にも話をききたかったが、彼女は会社勤めをしているので帰宅は遅いと、清見はいった。


道原は、星之助を自宅に訪ねてみることにした。

「私たちを見たら、星之助はどんな顔をするでしょう」

吉村はうす笑いをした。

家々の窓に電灯が点きはじめた。味川家の台所の窓にも電灯が点き、湯気が外へ洩《も》れていた。

「ご免ください」

と、吉村が玄関へ声を掛けると、すぐにガラス戸が開いた。顔を出したのは星之助だった。

「あ、刑事さん」

彼は驚いたというような声を出して、一歩退くと、

「なんのご用ですか」

と、挑戦的な態度をとった。警察官を嫌う人の目つきだ。

「変わったことはありませんか」

道原がきいた。

「変わったことなんて、ありません」

「それは結構です。……あなたは、泊まっていた旅館へもどることができなかった。ですから、その後の生活を気にかけていたんです」

女性が腰を折るようにして出てくると、「どちらの方なの」と星之助にきいた。道原が、松本署の者だというと、

「警察の方が、なにか」

と、彼女は険しい顔をした。妻の千代子らしい。

道原がものをいおうとすると、星之助は手を横に振って、帰ってくれというしぐさをした。彼は家族に、松本であったことを話していないにちがいない。家族には、泊まっていた旅館の名も、そこへもどる道筋も分からなくなったことを、話していないのだろう。そうだとしたら、重要なことをどうして黙っているのか。

道原は一歩退いた。妻に、松本での一件を話すべきか、やめるべきかを迷った。

奥からもう一人が出てきた。頭に毛のない男が千代子の肩の上から首を伸ばした。勇一郎にちがいない。

道原は勇一郎にも松本署の者だと告げた。

「松本の警察の方が、わざわざ訪ねてこられた。どういう用事ですか」

九十歳のはずの勇一郎は、星之助よりもはっきりした口調で喋《しゃべ》った。

吉村が道原の上着の裾を引っ張った。小さい声で、「はっきり話したほうがいいですよ」といった。

うなずいた道原は、勇一郎と千代子に向かって、

「星之助さんには、危険な症状があるんです。それが心配なので」

といった。

星之助は、頭を抱えるようにして奥へ引っ込んだ。

「話をききたい……。上がっていただこう」

勇一郎は、家の奥を指差した。

座敷の中央には黒光りした座卓が据わっていた。長押《なげし》の上には額が二つ並んでいた。一つは消防本部、一つは警察署からの表彰状で、「味川勇一郎殿」となっていた。

勇一郎が麻のカバーをかぶった薄い座布団を二枚置いた。

道原は礼をいって腰を下ろした。

「こちらには長くお住まいですか」

「はい。私の父の代からです。初めは平屋でしたが、二度建て直して二階屋に」

勇一郎は天井を仰いだ。

千代子が麦茶を注いだグラスをテーブルに置くと、勇一郎のななめ後ろにすわった。

星之助は隣室にでもいるのか姿を見せない。

星之助は、松本市内で道に迷い、泊まっている旅館へもどることができず、松本署

が保護したことを、道原は勇一郎と千代子に話した。

勇一郎は、迷惑を掛けたと頭を下げてから、

「息子は、二年あまり前から物忘れがひどくなって、訪問するつもりの家へ電話を掛けたのに、訪ねなかったり、人の顔を忘れてしまったのか、道で出会っても挨拶をしないこともあるようです。……病院の先生にききましたけど、健忘症というのは、初めはひどい物忘れや、記憶の混乱が起きるそうで、息子の症状もそれにあてはまっています。……それにしても、二泊した旅館の名さえも思い出せなかったとは」

彼は腰をひねって、千代子と顔を見合わせた。

勇一郎には、物忘れなどの症状がないのか、言葉ははっきりしているし、目にも力がこもっている。

星之助は、火事になった深志の上条家の近くを歩いていたらしい形跡があるが、そのことは話さなかった。

「星之助さんは去年も松本へいっています。一日は上高地への観光だったようです。が、今年は、なんの目的だったのか、ご存じですか」

道原がきくと、勇一郎は、「知っているか」というふうに千代子のほうを向いた。

彼女は、「さあ、松本に行くとだけはきいていました」

と、下を向いて小さな声で答えた。

「困ったものです。親よりも先に息子がボケるなんて、考えたこともなかった。ボケがもっとひどくなったら、外へは出せんな」

勇一郎は唇を噛んだ。

コトン、コトンという小さな音がした。なんの音だろうと道原は勇一郎に目できいた。

「東海道本線の列車です。客車か貨物かが音で分かります」

勇一郎は目を細くした。

「ご主人は、若いときはどんなお仕事をなさっていたのですか」

道原は、不精髭が薄く伸びた勇一郎にきいた。

「船の修理をする会社に勤めていました。そこを定年で退職すると、港町の市場で魚を売っていました。八十二歳まで働いていましたけど、冷たい土間に立っているのがキツくなったので、魚屋の店を人に譲って、引退しました。いまは、これといって用事もないのに、ほとんど毎日、市場のなかを見て歩いています」

勇一郎の手は厚く、指も太い。力仕事をしていた人にちがいなかったが、それとなく生い立ちをきいた。

彼は腕を組むとちらりと天井を見てから、ゆっくりとした話し方をした。

「私はこの清水で生まれました。父は信州の三郷《みさと》村の農家の生まれでしたが、清水へ出てきて、鉄工所に勤めていました」

三郷村は松本市西隣だ。勇一郎は戦争が激化した十一歳のとき、戦地に赴いていた父のすすめで、父の実家である味川家へ疎開した。アメリカは、静岡にも清水にも爆弾を落とすようになったからだ。彼は一人っ子だった。母と手分けした荷物を持って、大きい川の近くの農家へ同居した。その家には、父の兄の力也《りきや》と、その娘と息子がいた。

疎開したのは春休みのあいだで、学校がはじまると母に連れられて転校手続きをした。

三郷村の味川家には水田がなく陸稲《おかぼ》を作っていた。そのほかに大根とさつま芋と人参の畑があった。急に姉と兄が出来たようで、勇一郎は嬉《うれ》しかった。毎朝、三人がそろって登校した。学校から帰ると、すぐに畑へいって力也の農作業の手伝いをするのがならわしになっていた。勇一郎の母の時子《ときこ》も慣れない農作業に手を貸していた。

学校へは弁当を持っていくのだが、勇一郎の弁当は茹《ゆ》でたさつま芋一つだけだった。味川家の娘と息子の弁当には白いご飯におかずが付いていた。勇一郎はそれを横目で見ていた。母は勇一郎の耳に口を寄せて、「この家に世話になっているのだから、我慢するのよ」と何遍もいった。朝食も夕飯も母と勇一郎に対して一人前しか与えられなかった。母は一口だけご飯を食べて、あとは勇一郎に与えた。母は食事を充分に摂らなかったからか、日に日に痩せていくのが分かった。勇一郎が、「ご飯をもっと食べなよ」というと、「いいの。これで充分」と、漬け物を一切れ摘むだけだった。

毎日、畑で農作業の手伝いをしているので、母は真っ黒に陽焼けしていた。手足は細くなり、夜、寝ている姿は、黒い蚊のように見えた。

父の兄の力也にはなぜか召集令状がこなかった。近所には力也と同年ぐらいの男は見当たらなかった。

味川家は豚を一頭飼っていた。うんと餌《えさ》を与えて、太らせて、売るのだった。餌は、醬油を搾った滓《かす》に糠《ぬか》をまぜて水で溶いたもの。それを桶《おけ》に入れてやると、細い尻尾を振って食べる。たまに大根とさつま芋を煮て与える。冬が近づいたある日、豚小屋の前で母の時子が、醬油の搾り滓を口に入れたのを、勇一郎は目にした。胸が苦しくなって嘔吐《おうと》しそうになった。母はときどき、豚に与える餌を食べていたのではないかと思った。

勇一郎は母に、「清水へもどりたい」といった。すると母は、「清水へもどったら、アメリカの爆弾でやられてしまうのよ」といった。

昭和二十年八月、戦争は終わった。父からはなんの便りもなかったが、終戦から一年あまり経った日、父が南の島から帰ってくるという報せが届いた。勇一郎は母と、その日を指を折って待っていた。彼は毎日、学校から帰ると、豚小屋の前に立って、小川に架かっている橋を見つめていた。父はその橋を渡ってくるはずだった。折れるほど手足が細くなった母も、橋を見つづけていたが、ある日、めまいを起こしてか、勇一郎の足もとへうずくまった。そのときから母は、床に臥《ふ》したままになった。真冬のような冷たい風が戸を叩いていた日、母は勇一郎の手を握ったまま事切れた。父が帰ってきたのはその次の日だった。父は色の褪《あ》せた軍服姿で、母の枕もとに正座して、「戦争さえなかったら」と、叫ぶようにいって、大泣きした——。

三郷村での体験を道原と吉村に語った勇一郎は、また天井に顔を向けた。瞳が光っていた。

「父は私を連れ、母の位牌を抱いて、清水へもどりました。父は、以前勤めていた鉄工所へ復帰していましたが、戦地で負った傷が痛むといいはじめました」

「どこに怪我を負われていたのですか」

道原がきいた。

「腹です。腹の右側が痛むといって、しょっちゅう手をあてていました。それが原因だったのかどうかは分かりませんが、四十九歳で亡くなりました。私が高校を卒業した年の暮れでした。……父は毎朝、ご飯を茶碗に山盛りにして、母の位牌へ供えている人でした。父は私を大学に進ませたかったようですが、私が勉強嫌いだったので……」

勇一郎はそういうと、毛のない頭に手をやった。

彼は二十五歳で、三保《みほ》で建築業をやっていた人の娘の松子《まつこ》と見合い結婚をした。松子は星之助を猫のように可愛がり、頭が痛いとか、腹の具合がよくないというと、学校を休ませて、すぐに近くの医院へ連れていった。

松子も丈夫でなかった。入院するほどの病気はしなかったが、毎月、三、四日は床に臥していた。彼女は、自分が長く病むようになったときのことを考えてか、星之助に、ご飯の上手な炊き方から、味噌汁を旨くつくる方法を始め、料理のつくり方を丁寧に教えていた。

星之助に好きな女性ができたことを知ると、どこのだれなのかとか、その女性の父親の職業などを詳しく知りたがった。やりすぎだと勇一郎が忠告すると、「大事なことなのよ。下手をすると、星之助は一生苦労することになるのよ。わたしの知り合いに、大酒飲みで、博打が好きな父を持つ娘と結婚した人がいるの。その人は結婚した父親の借金を背負う羽目になったの」などといった。

松子は七十歳を目前に脳卒中で倒れ、手足の麻痺《まひ》と言語障害を起こしたまま亡くなった。


三郷村の味川家とは、交流があるかと道原がきいた。勇一郎の父の実家のことである。

「ありません」

なぜか勇一郎はぶっきらぼうないいかたをした。

戦後、清水へもどってから三郷村へいったことは、ときくと、一度もないと答えた。疎開していた期間の逼迫《ひっぱく》した食糧事情を思い出したくないのだろうか。急に機嫌を損ねたようなので、道原は口をつぐんで、退去することにした。

外へ出ると吉村が、

「勇一郎さんは、急に機嫌が悪くなったようないいかたをした。道原さんのききかたが悪かったとは思えませんが」

と、首をかしげた。

「戦時中の恨みごとを、なにかで三郷村の味川家へ伝えたのかもしれない。それで不仲になったということも」

二人は、軒下に赤い提灯をぶら下げている小料理屋を見つけた。

第二章　ダ・マリンダの客

1

道原と吉村は帰署すると、三船課長に清水市でつかんだことを報告した。ときどき目を瞑《つむ》って二人の報告をきいていた課長は、

「勇一郎と母親が、戦時中世話になっていた三郷村の農家……」

とつぶやいて、こめかみに指をあてた。

「勇一郎氏の父の実家ですが、なにか」

「何年も前のことだ。私が豊科《とよしな》署にいたころのことだが、ある上司から、三郷村で発生したある事件の話をきいたことがあった」

旧豊科町が安曇野《あづみの》市になったのは二〇〇五年の十月だった。

「たしか味川という姓の家だ。三郷村の梓川の近くの家だ」

課長はなにを思い出したのか、途切れ途切れの話しかたをした。

「昭和二十四、五年ころ、味川という農家が火事になって、その家の主人が大火傷を負って松本の病院へ運ばれた。その人は病院で亡くなったような気がする。家は建て直したが、何年か後に、その家はまた火事になって、逃げ遅れた女性が亡くなった。まちがいない、味川という家だった」

「二度も火事になる。失火でしたか」

「二度とも、放火という疑いが持たれたらしい」

「放火の疑い……」

道原はノートにメモを取ると、吉村を誘って資料室へ入った。味川という姓は珍しい。三郷村には同じ姓の家が何軒もあるとは思えない。

「あった。戸主は味川力也」

吉村はそういって、黒表紙の記録簿の埃《ほこり》を払った。道原と吉村は記録簿に目を注いだ。

［昭和二十五年（一九五〇）十二月二十九日の午後十時二十分ごろ、三郷村桑畑の木造平屋の味川力也宅勝手口から出火して、全焼。消火にあたっていた力也（四十九

歳）は、顔や手に火傷を負い、松本市民病院へ搬送されて手当てを受けたが、十二月三十一日午前に死亡。家族は、力也の妻静江《しずえ》（四十一歳）、長男栄一《えいいち》（二十歳）、長女百合子《ゆりこ》（十八歳）」

［昭和二十八年（一九五三）二月八日の午後九時五十分ごろ、三郷村桑畑の木造二階建の味川静江（四十四歳）宅勝手口付近から出火して、全焼。消火にあたっていた静江は、現場で煙を吸ったらしく死亡。長男栄一は顔と手に火傷を負って重傷。三年前の火災のさいの検証で放火の疑いが持たれ、同家と交渉のある人物のアリバイなどが調べられたが、証拠をつかむことができず、捜査は打ち切られていた。今回も火の気の無い個所からの夜間の出火で、放火が疑われたが、目撃情報はなく、証拠も挙がらなかった」

「同じ家が、同じように焼けた。放火の可能性充分だな」

道原は記録簿をにらんでいった。

「放火だとしたら、恨みでしょうね」

吉村はペンをにぎっている。

「放火なら、犯人は同じ人間ということも……」

「恨みだとしたら、その原因はなんでしょう」

「火災は、昭和二十五年と二十八年か……」

「味川家は、昭和二十五年に焼かれたので、建て替えた家を、二十八年に焼かれたんですね」

　道原は、清水の味川勇一郎が語った戦時中の話を思い出した。それは空腹との闘いの日々だった。アメリカとの戦局が激しくなったので、小学生だった勇一郎は、母に連れられて、兵隊にとられていた父の実家へ身を寄せていた。父の兄である味川力也は、勇一郎と母に食事を一人前しか与えなかった。ご飯を一口しか食べなかった母は、蚊の足のように痩せこけて、力尽きて死亡した。

　勇一郎は、伯父の力也を恨んでいなかったか。道原は、認知症が進んでいるらしい息子の行動を気にかけている九十歳の、勇一郎の顔を思い浮かべた。戦争が終わって、戦地から帰ってきた父親と一緒に、勇一郎は清水へもどった。母を死なせたのは、味川力也だと、叫んだ日があったような気がする。

　勇一郎と母は、三郷村の味川家で、冷たく扱われていた。そのことを知った当時の捜査員は、勇一郎に疑いをかけて調べた。が、清水に住んでいる彼が三郷村へいって、味川家へ火を付けたという証拠は挙がらなかった。味川家が焼かれた日、勇一郎には確かなアリバイがあったらしい。

「勇一郎と母親は戦時中、三郷村の味川家に世話になっていたが、その前に、東京から二人の男の子を連れて、同居していた女性がいた。その女性と二人の子どもは、味川家に一年近く世話になっていたが、戦争の真っただなかなのに味川家を出ていったそうだ。想像だが、その三人に力也が冷たくあたっていたんじゃないかと思う」

課長は首をかしげながら話した。

「三郷村の味川家は、なぜ東京に住んでいた母子を同居させていたのでしょうか。親戚だったのでしょうか」

「家が大きかったからじゃないか。それに家族人数が少なかった。陸稲《おかぼ》を作っている畑は広かったので、人手が欲しかった……」

「家を二度も焼かれた味川家は、また家を建て直したでしょうか」

「同じ場所へ建て直したか、それともべつの場所へ建てたか。いずれにしろ三郷村桑畑からは離れなかったようだ」

「東京からきて、味川家へ身を寄せていた母親と二人の男の子は、どこへ移ったのでしょうか」

道原はいったが、その後のことはきいていないと課長はいった。

当時の味川家の模様については、安曇野署の資料室に眠っていそうだ。道原がそれをいうと課長は、深志の上条家の火災とは関係がないだろうといった。

道原は吉村を伴って、古巣の安曇野署へ出掛けた。駐車場を兼ねた前庭には、登山姿の男女の立像が据えられている。初めてそれを見た人は、美術館だと思ったといった。

署長と刑事課長に挨拶してから、資料室へ入った。室内のもようは道原が勤務していた当時と変わっていなかった。

［昭和二十年（一九四五）］と書かれた棚から黒表紙の綴《つづ》りを抜き出して開いたが、三郷村で発生した事件は載っていなかった。

昭和二十五年（一九五〇）を開いた。［三郷村桑畑、味川力也宅の火災］が載っていた。小雪が舞う十二月二十九日の深夜に発生した火災で、同家は全焼したとなっていた。失火の可能性も考えられたが、風呂場の火は消したし、台所にも火の気はなかったと家族はいっている、とあった。火の気はなかったのに火事になったのであるから、放火の疑いを視野に捜査したが、怪しい人物は浮上せず、二か月後に捜査は打ち切られた、となっていた。

その火災の三年後に、新築されていた味川家がまたも火災で全焼した。それは昭和二十八年（一九五三）二月八日の夜。家人は火の気はなかったといっているが、勝手口が火元だった。

この火災を、県警も重要視して、味川家に強い恨みを抱いている人間の暴挙とにらんで捜査がはじめられた。捜査の聞き込みは味川家の周囲から次第にその範囲を広げていったが、住宅に火を付けるほどの恨みを抱いていそうな人物は浮上しなかった。

同家には、昭和十九年五月から翌二十年三月までの間、東京から青田里子《あおたさとこ》とその長男と次男が身を寄せていた。里子の夫が召集され、政府は、軍事施設のない山村への疎開を奨励していた。里子は東京生まれで、山村には親戚も知り合いもいなかったが、近所の親しい人が、信州三郷村の農家を紹介してくれた。そこが味川家だった。

里子は三十二歳で、息子は八歳と六歳。彼女は二人の子どもを連れて、桑の木が波打っている味川家へ同居した。同家は養蚕もしていて、部屋がいくつもあった。彼女は麦藁《むぎわら》帽子を与えられて、まったく経験のなかった農作業の手伝いをしていた。

農作業に馴《な》れたころ、年が改まった。何日も雪がやまない日もあった。そういう日は、囲炉裏のある部屋で、藁で草履《ぞうり》や草鞋《わらじ》を編み、縄を綯《な》った。それまでの彼女が想像したこともなかった仕事であった。

彼女の長男が小学三年生になる三月のある朝、里子は大きい風呂敷包みを持ち、二人の息子にはランドセルを背負わせて玄関を一歩出ると、家に向かって深く腰を折った。二人の息子は彼女に寄り添った。三人は、だれにも見送られず、桑の木のあいだの細い道を駅のほうへ歩いていった。

資料はそこまでで、三人がなぜ味川家を去ることになったのかは書かれていなかった。二人の息子を抱えていた里子は、東京へもどったのか、それとも別の土地へ移ったのかも分からなかった。

道原と吉村は、三郷村の役場へ向かった。そこで昭和十九年の春まで、桑畑の味川家に同居していた人のことを知りたい、と職員に告げると、三十半ば見当の男性職員は、「七十年以上前のことですね」といって、首をかしげたが、生き字引きを、といって席を立っていった。五、六分経つと、六十代半ばと思われる北沢《きたざわ》という男性を連れてきた。定年まで正職員だったが、現在は嘱託として勤めているのだと北沢はいった。

「昭和二十年三月まで、桑畑の味川家に同居していた青田里子という人のことを知りたいのです」

道原がいうと、

「味川家の人にお会いになりましたか」

と、北沢はきいた。

道原は首を横に振った。青田里子と二人の息子が身を寄せていたのは、一年に満たないし、現在の味川家の当主は若いので、戦時中のことなど知らないと思う、といった。

「この役場から約五〇〇メートル北に、『あずみ野苑』という老人ホームがあります。そこに柳町光三郎《やなぎまちこうざぶろう》という九十三歳の男性がおります。耳が少し遠くなったけど、話し方はしっかりしていますし、昔のことをよく憶えています。その人の家は、味川家とはリンゴ園をはさんだ隣です。刑事さんのおっしゃる人のことを憶えているかもしれません」

「九十三歳……」

道原はいってから北沢に礼をいった。

あずみ野苑の庭には大きいパラソルが二つ開いていて、それの下には年寄りの男女が椅子《いす》に腰掛けていた。

道原は男性職員に名乗って、柳町光三郎さんに会いたいと告げた。職員はにこりとして、ホームの広い廊下を小走りに去っていった。

十分ばかり経つと、職員が老人を乗せた車椅子を押して出てきた。老人の頭には毛がなかった。顔の大きい色白の人だ。

「柳町さんです」

職員が紹介した。柳町は細い目をして頭を下げた。道原は柳町の顔をじっと見てから、ずっと以前のことをききたいがよいか、ときいた。柳町は補聴器の具合を確かめるように耳に指をあてて、いつごろのことか、ときいた。その声は大きく、言葉ははっきりしている。

「戦時中の、昭和十九年から二十年のことです」

「うーん。アメリカの爆撃機をたびたび見ていたころだ。爆撃機は三郷村の上空を飛んで、富山や新潟へいって、爆弾を落とした」

「そうでしたね。私は両親から話をきいていました」

「あんたは、いくつですか」

「四十六歳です」

「ご両親は」

「二人とも何年も前に亡くなりました」

柳町はうなずいてから、道原と吉村の風采をあらためて見るような目をして、戦時中のなにをききたいのかといった。

「柳町さんのご近所に、味川さんというお宅がありますね」

「ええ、いまも懇意にしているはずです」

「その味川さん宅へ、昭和十九年から翌年にかけて、青田里子という女性が、男の子を二人連れて、身を寄せていましたが、憶えていらっしゃいますか」

柳町は、毛のない頭に手をのせて、宙の一点をにらむような目をしていたが、

「ああ、思い出した。東京からきた人だ。おとなしい男の子を二人。その二人はよく私の家へも遊びにきていました。うちには猫が二匹いたので、二人はその猫を抱いて遊んでいました。その二人のお母さんは、きれいな人だったのを憶えております」

「その母子は、味川家に一年もいませんでした。戦争はますます激しくなって、東京は焼け野原になるほどの爆撃を受けていたのに、三人は味川家を出ていった。里子という人は、農作業の手伝いをしていたようですが、耐えられないことでもあったのでしょうか」

柳町は、低く唸《うな》るような声を出し、毛のない頭に片方の手をのせたまま黙っていたが、

「里子という人は、きれいだったのでな」

と、つぶやくようないいかたをした。

当時の里子は三十二、三歳だった。

柳町は、四、五分のあいだ黙っていたが、

「味川の力也は、こらえきれなかったんだ」

と、遠くを見るような表情をした。

「こらえきれなかった……」

道原は低い声で独りごちた。

柳町は道原に顔を向け、

「分かるでしょ」

といって、眉間を寄せた。

「昭和二十五年の十二月と、昭和二十八年の二月に、味川家は火災に遭っています。火の気のないところが火元だったことから、放火の疑いが持たれましたが、出火原因もはっきりしないし、放火犯人も分からずじまいでした」

「そうだった。その火事を思い出した。警察の人は私の家へ何度も話をききにきたのを憶えています。味川の家は、だれかから恨まれていたんじゃないかといった人が、った。

柳町は両手を後ろで組むと、目を瞑った。目を囲んでいる皺《じわ》は、彫ったように深かった。

「何人もいた」

2

道原は、自宅を焼かれた高齢の上条貞彦と悦子夫婦のことが気になった。夫婦は、眼科や歯科や内科医院にも通っている。火事に遭ったために貞彦の弟の家に身を寄せているが、窮屈なこともあるのではないか。

消防も警察も、上条家の火災は放火とにらんでいる。

「白昼に民家に火を付けるとは、太い野郎だ」

三船課長はこのところ、出勤すると同じことをシマコにいった。シマコは、

「まるでわたしが、放火したみたいないいかたをするのよ」

と、道原の顔を見て口を尖《とが》らせた。

道原と吉村は、県《あがた》の上条家へ貞彦と悦子を訪ねた。夫婦は、家を焼かれるほどの恨みを買うようなことをした憶えはない、といっている。

上条家の門のインターホンを押すと、犬が一声吠《ほ》えた。茶色の大型犬が、「来客だよ」と家人を呼んだ。名は「金太郎《きんたろう》」だ。

道原と吉村を玄関で迎えたのは、光則の妻の郷子だった。

「きのうは、倉木さんがお見舞いにきましたよ。器量よしだし、やさし気のあるいい女性ですね」

郷子は、深志の家で家事手伝いをしていた倉木円佳のことをいった。

道原たちは洋間へ通された。そこには黒いピアノが据わっている。

「お変わりありませんか」

道原は、貞彦と悦子にいった。

「ええ、毎日、郷子さんがおいしいご飯をつくってくれるので」

悦子は笑顔を向けた。世辞ではないらしい。

「円佳さんは、就職していないんですね」

道原がいった。

「これから仕事をさがすといっていました。それから、わたしたちが、新しい家を建てたら、また使ってくださいっていっています」

「新しくお宅を建てる計画があるんですね」

「はい。深志ではあんなことになったので、べつの場所をさがすつもりです」

貞彦は目を細めた。

郷子が、コーヒーがいいか紅茶のほうがいいかをききにきた。

道原は、「ありがとうございます。それでは紅茶をお願いします」といった。

きのうの円佳はなにか用事があってここへきたのかを、道原は悦子にきいた。

「わたしたちのようすを見にきてくれたのですが、二、三日、新潟へいってくるといっていました」

「新潟へ。……彼女は新潟出身ではないようでしたが」

「そのようでしたけど、新潟へといっていました」

悦子は外へ顔を向け、少し首をかしげた
道原は、郷子がテーブルに置いた紅茶の香りを褒めてから、あらたに住宅を建てるとしたら、どの辺りにするのか、ときいてみた。

「いま円佳さんが住んでいる里山辺か、浅間温泉がよさそうだと思っています。かかりつけのお医者さんから、あまりはなれたくないので」

貞彦が首を左右に動かしながらいうと、悦子がうなずいた。上条夫婦は七十代だが、これから先のことを考えているのだろう。

署へもどると、課長と道原は署長室へ呼ばれた。

「深志の上条家の火災は、放火にちがいない。犯人は、上条夫婦は昼寝でもしているとみたんじゃないか。民家に火を付けるということは、その家に住んでいる人を苦しめるか、殺すことを考えての犯行だ。犯人が白昼の放火を計画して実行したのは、もしも疑われた場合、どこそこにいたとアリバイを主張できる。それが証明されなくても、いい通すことができるからだろう。……私も、上条夫婦を恨んでいた者の犯行だとみている。夫婦は穏やかで、平和な暮らしをしているようだったが、過去に人を傷付けるようなことをしたかもしれない。……私も、どこかで、人を傷付けているんじゃないかって、ときどき振り返ってみることがある。……上条貞彦は、なにをしていた人なんだ」

「六十歳まで中学校の教師でした。貞彦は光則の兄弟で、紙問屋の息子たちでした。幼いときから経済的には恵まれていたようです」

道原が答えた。

「夫婦には子どもはいなかったんだね」

道原はうなずいた。

「妻の悦子も松本の人なのか」

「島内の医師の娘です」

「上条家には、家事手伝いの女性がいたね」

「倉木円佳という名の二十六歳。本人は新潟市の出身といっているそうですが、言葉がべつの土地の人のようです」

道原はノートを見て答えた。

「上条家とは縁続きの女性か」

「いいえ。妻の悦子が丈夫でないので、家事手伝いを募集したということです」

「女性は、新潟から応募したのか」

「松本へ観光旅行にきていたんです。新聞に載っていた募集広告を見て、応募したということです」

「若いのに、家事手伝いとは」

「住み込みなので、それが気に入ったようです。上条夫婦は彼女のことを気遣いのあるやさしい女性だといって気に入っています。火事のあと、貞彦夫婦が弟の家へ避難というか同居したので、倉木円佳にはやめてもらい、彼女は、里山辺のアパートに住むことにしたんです」

「倉木円佳は、新潟へは帰らなかったのか」

「松本も雪は降るけど、新潟ほどではない。雨の日も新潟よりずっと少ない。そういう点からも松本が気に入っていたので、住みつづけたくなったようです」

署長は、上条夫婦の身辺を詳しく洗う必要があるのではないかといった。


道原と吉村が、県の上条光則の家へ、貞彦夫婦を訪ねた三日後の午後二時すぎ、静岡県警清水署から松本署へ、思いがけない緊急報告があった。

要約すると、清水区の日本平運動公園北側の森林内で男の遺体が発見された。発見して通報したのは、観光旅行に訪れていた東京の男女。

遺体は六十代半ば見当。身長一六四、五センチ程度で痩せぎす。薄茶色の麻のスーツに縦縞半袖シャツを着て、遺体の近くに黒の紳士靴があったことから当人のものと断定。

着衣を調べたところ、上着とズボンにハンカチが入っていて、上着の内ポケットから幾重にもたたんだ白い紙のメモが見つかった。そのメモには、「松本市深志××・上条貞彦、同悦子。電話番号」が手書きされていた。

その番号へ掛けたが、現在使われていないというコールが流れた。

遺体発見の通報の電話を受けた刑事課員は、目玉がこぼれ落ちそうな顔をして立ち上がると、

「伝さん。い、いや、道原さん」

といって、受話器を道原のほうへ向けた。

電話を道原が替わった。相手は清水署の大下《おおした》という係長。

道原は発見された遺体の死因をきいた。

「目下、遺体を現場で検《み》ておりますが、左の脇腹を刃物で刺されていたようです」

死因はそこからの出血だろうという。

他殺にちがいないので、身元と遺体を精《くわ》しく検べると同時に捜査をはじめるが、ポケットに入っていたメモに松本市の住所と人名が記されていたので、その人とはどのような関係かを知りたい、と大下はいった。

「メモに書かれている上条貞彦と悦子の家は、八月十三日の午後、火事になりました。半焼ですが、放火の疑いが持たれていますので、目下捜査中です」

「放火の疑い。その上条という家の商売は」

「上条貞彦という人は、中学の教師でしたが、退職したあとは無職です。貞彦は七十六歳、妻の悦子は七十三歳で、二人暮らしです。自宅を焼かれたので、現在夫婦は、

貞彦の弟の家に避難しています」

「ちょっと待ってください」

話の途中で大下はいった、小さな話し声がきこえた。新たな情報が入ったようだ。

「遺体発見現場の近くで、小型の鞄《かばん》が見つかったという連絡がありましたが、鞄の中にはなにも入っていないということです。その鞄がホトケさんの持ち物だったかどうかを、これから検べます」

大下は、遺体の男と遺体が身に付けていたメモとの関係を調べてもらいたいといって、電話を切った。

道原は、清水署からの連絡内容を課長に伝えた。

「上条夫婦の名と住所を書いたメモ」

課長は腕を組んで首をかしげた。

「上条夫婦との関係……」

道原がそうつぶやいたところへ、清水署から、遺体とその人が大切そうに上着のポケットに入れていたというメモの写真が送られてきた。遺体の写真を見た瞬間、道原と吉村は声を上げた。味川星之助だったからだ。メモは、小さくたたんだのと、開いたのとの二点だ。手書きだから遺体の男が書いたものと思われる。

「遺体とメモの写真を上条夫婦に見せる必要がありますね」

吉村がいった。

「見てもらおう」

電送されてきた写真を複写し、上条夫婦を訪ねることにした。自宅を放火されたことと小さくたたんだメモとは、無関係ではないような気がする。

道原と吉村は、県の上条家を訪ねた。門のインターホンを押すと、きょうも犬の金太郎が一声吠えた。

玄関にはつっかけが二足そろえてあった。通された洋間には、貞彦夫婦が雛《ひな》のように並んでいた。

「気になる物が、静岡県の清水署から送られてきましたので」

「気になる物……」

そういった貞彦の前へ、メモ用紙に氏名と住所が書かれた写真を置いた。

「私たちの名と住所だが……。だれが持っていたものですか」

貞彦はメガネの縁に手を添えて道原の顔にきいた。

「清水には、富士山が手に取るように見える日本平という名所があるそうです。そこの林の中で殺されていた男性の、上着の内ポケットにたたまれていた紙に」

「なに、殺されていた……」

「そう。腹の左を刃物で刺されて」

話をきいていた悦子は両手で頬をはさんだ。

遺体の写真を見せた。悦子は横を向いた。

「この男性は、清水の人です。年齢は六十五歳」

身覚えのある男ではないかと、道原は貞彦の顔をにらんだ。

貞彦は遺体の男の写真を眉間を寄せて見てから目をはなしたが、思い直したようにもう一度見直した。

「知らない人です。会ったことはなかったと思います」

と答え、氏名と住所を書いたメモについても、なぜそれを大事そうに持っていたのかも分からないと、暗い表情をしていった。

3

翌朝、道原と吉村は、車で清水へ向かった。中央自動車道、中部横断自動車道を走ったが、その途中、釜無川《かまなし》、富士川《ふじ》を伝い、何か所かで富士山を眺めた。

吉村は、車の運転をすると、ほとんどものをいわなくなる。助手席の道原は、居眠りをしていないかと、ちょくちょく彼の横顔を観察する。運転を代わろうかというと、

「いいです」

と、不機嫌そうにいう。

清水署は、巴川近くの花の木通りにあった。

署長と刑事課長に挨拶してから、大下係長の後について冷たい空気の霊安室へ案内された。道原と吉村は、ベッドに仰向いている遺体に向かって手を合わせた。若い刑事が遺体の顔をおおっていた白布をそっとめくった。その一瞬、冷たい風に頬を撫《な》でられたような気がした。

道原は一歩、遺体に近寄った。

目を閉じ、口を堅くむすんでいるのはまぎれもなく味川星之助だ。

忘れられない顔である。泊まっている旅館の名も、そこへの帰り道も分からなくなって、松本署が保護したことのある男の顔である。八月十二日と十三日に、松本市内のあちこちの防犯カメラに映っていた男だ。住所は、清水区新富町で、妻と父との三人暮らし。二年前まで区内の横芝産業に勤務していたが、物忘れがひどくなり、奇行

も認められるようになったことから、定年を前に退職していた。なにが目的かは不明だが、八月十一日から三泊して、松本市へいって市内を歩きまわっていたらしい。

そのことを話すと、

「清水の人ですか。……区内に住んでいる家族からは、帰宅しないという届出もありませんでしたが、どうしてでしょう」

と、瞳をくるりと動かした。

道原は、味川を診ていた巴川病院の医師からきいたことを話した。

「認知症。……泊まっている旅館が分からなくなるほどボケが進んでいる人が、旅行。松本市内のあちこちを歩きまわっていた。そして、松本市内に住んでいる夫婦の氏名と住所を書いたメモを、大切そうに折りたたんで持っていた」

大下はノートにペンを走らせながらいった。

「メモにある上条という家は火災に遭いました。放火はまちがいなさそうです」

道原がいった。

「味川星之助と、松本市の上条という夫婦は、知り合いでしたか」

「いいえ。上条夫婦はまったく知らない人といっています」

「氏名と住所を書いた目的と意味は、なんでしょうね」

大下は首をひねったが、味川の家族に知らせるといった。

遺体発見現場を見た捜査員によると、腹を刺されたと思われる地点から、散歩道に点々と血痕が落ちていた。被害者は逃げる加害者を追うつもりだったのか、助けを求めようとしてか、腹を押さえて五〇メートルぐらい移動していたことが分かっているという。

大下が新富町の味川家へ電話を入れてから一時間あまり経って、星之助の妻の千代子と五十歳ぐらいの男がやってきた。警察からの連絡を受けてからなぜ一時間以上もあとになったのかというと、千代子は外出した勇一郎をさがしていたのだという。遺体を確認するためには複数の目が必要だと思ったことと、独りでは心細かったのではないか。一緒にやってきたのは、横芝産業の社員だった。

彼女は、大下に付き添われて霊安室で、夫の星之助と対面した。変わりはてた夫を見て、涙をしぼったようで、赤い目をして相談室へ入ってきた。にぎった白いハンカチを口にあてていた。

「奥さんと、会社の方は、星之助さんであることを確認しました」

大下は道原たちにいった。

「外出した勇一郎さんは見つからなかったんですか」

道原が千代子にきいた。

「義父は市場にいましたけど……」

「ご遺体のことを話したんですか」

「話しましたら、見にいくのは嫌だといいました」

それで彼女は横芝産業へ駆けつけて、事情を説明したのだろう。

大下が、星之助の死因を話した。

彼女は、両手で顔をおおって説明をきいていた。

「お心当たりはありませんか」

殺されたことに対する心当たりなどない、といっているように、彼女は顔をおおって首を横に振った。

「星之助さんは、だれかに日本平へ呼びつけられたんじゃないでしょうか。それとも日本平に用事でもあって……」

「分かりません。一昨日の午後、どこへいくともいわず出掛けました」

星之助は、帰宅しなかった。たまにふらっと出掛けて、どこで夜明かししたのか黙って帰宅し、二階の自分の部屋で寝ていることがあるので、帰宅しなかったことも、気にしなかったと千代子は、かすれるような声でいった。

「星之助さんは、ケータイを持っていましたか」

大下がペンを持ってきいた。

「はい。古いケータイ電話を」

大下は、日本平の林の中で拾った小型の鞄を千代子に見せた。茶色の革製だ。

「主人の物です」

それの中にはなにも入っていなかった。

「ご主人は鞄に、なにを入れていましたか」

「見たことがありませんので、知りませんが、ケータイを入れていたと思います。あ、横芝産業の社名の入ったボールペンを入れていたと思います」

「上着とズボンのポケットに、ハンカチを入れていましたが、奥さんが持たせていたのですか」

「はい。会社に勤めていたときから、ハンカチは二枚持っていましたので、わたしがアイロンをかけて……」

彼女は手で口をふさいで咽《むせ》び泣いた。

大下は、千代子を観察するように見てから、彼女の前へ、たたんだメモ用紙を開いて、皺を伸ばして置いた。それには、松本市の住所と夫婦の氏名が書いてある。角張ったうまい字だ。

「だれが書いたものか分かりますか」

彼女は、ハンカチを口にあてたままメモに注目した。

「主人の字です」

「ここに書いてある上条貞彦と悦子という人を、奥さんはご存じですか」

「いいえ、知りません」

「ご主人は、これを幾重にもたたんで、上着の内ポケットに入れていました」

千代子は首をかしげた。

「ご主人は、八月十一日から十四日まで、松本市内にいました。松本へはどういう用事でいったのかを、ご存じですか」

「知りません。どこそこへなんの用事で出掛けるのかをいわず、二、三日、帰ってこないことが何度かありました。どこへいってきたのかをきいても、答えないので、きかないことにしていました」

「ご主人は、病院で診てもらっていましたね」

「はい。物忘れがひどくなったり、奇妙なことをするようになったものですから」

「そういう人を、野放し状態にしていた」

彼女は反省しているのか、顔を伏せ、ハンカチを口にあてた。

「そのメモに書いてある松本市の上条という人の家は、八月十三日の午後、火事になりました」

「火事に……」

千代子は、あらためてメモに見入った。メモと火事の関係を考えているようだった。

味川星之助は、片刃のナイフで左腹部を刺され、そこからの失血が原因で死亡したことが解剖検査によって判明した。清水署は、血痕が点々と散っている個所とその付近を調べたが凶器は発見されなかった。それで、ナイフは犯人が持ち去ったものと断定した。

遺体引き取りが行われた翌日の朝、新聞で日本平での事件を知ったという人から清水署へ電話があった。

三日前の午後、日本平の美ノ山《みのやま》ホテルで県内の中堅企業二十社が集合しての会議があった。その会議に出席した清水区の秀洋《しゅうよう》造船の石坂《いしざか》という社員が、緩い道路を下っていく男女を車の中から見て、「あの男性、横芝産業に勤めていた味川さんじゃないか」と助手席の同僚にいった。それをきいて、歩いている男女をあらためて見た同僚も、「そうだ、味川さんだ」といった。味川星之助は、若い女性と肩を並べて歩いていた。秀洋造船の二人の社員は、車内からちらりと味川を見ただけで走り過ぎた。

石坂は自宅で、けさの新聞を見て驚きの声を上げた。日本平で若い女性と歩いていた味川星之助が、何者かに刃物で腹を刺されて死亡した。死亡したのは三日前の午後五時ごろと推定、となっていた。石坂はけさ出勤すると、三日前、車の中から一緒に味川を見かけた同僚と話し合いのうえ、警察に通報したのだった。

通報を受けた清水署の大下は部下を連れて、島崎《しまざき》町の秀洋造船へ石坂を訪ねた。四十代半ばの石坂は、三日前の午後、車の中から味川星之助を見たという同年輩の鈴木《すずき》という社員とともに、二人の刑事を応接室へ通した。

「若い女性と並んで歩いていた男性は、味川星之助さんにまちがいないですね」

大下は、石坂と鈴木に念を押した。

「まちがいありません。私は、横芝産業で、味川さんに何度も会っていましたし、味川さんがここへおいでになったこともありました」

石坂がいうと、鈴木はうなずいた。

「味川さんと一緒に歩いていた女性は、何歳ぐらいでしたか」

「二十代だと思いますが、帽子をかぶっていたので、顔立ちはよく分かりません」

「体格は」

「背は味川さんより少し低かったと思います」

「かぶっていたのはどんな帽子ですか」

石坂は鈴木と顔を見合わせてから、鍔《つば》のある白い帽子だったと慎重な答え方をした。

大下は、女性の帽子以外の服装をきいた。

二人は、また低い声で話し合っていたが、黒か紺のパンツをはいていたと答え、上に着ていた物の色とかたちは思い出せないといった。

「体形を憶えていますか」

「ほっそりとしていて、スマートに見えました」

大下は、石坂と鈴木の答えたことをすべてノートにメモした。味川が女性と歩いていたのを見たという地点もノートに書きつけた。

「味川さんは、一昨年、六十三歳で横芝産業を退職しました。定年の二年前です。なぜ定年まで勤めなかったのかを、知っていますか」

「いいえ。なにかあったんですか」

石坂は目を丸くしてきいた。

「物忘れがひどくなったり。奇妙なことをするようになったからです」

「認知症ですか」

「若年性認知症だと思われますが、あるときは、帰るべきところへ帰れなくなったこともあったんです」

大下は、首をかしげながらいった。

「そういう人が、若い女性と歩いていた」

石坂はまた鈴木と顔を見合わせ、一緒に歩いていた女性は医療機関の人ではないかといった。

大下は、味川は最近、遠方へ旅行しているといった。

「旅行。帰るべきところへ帰ることができなくなるような人が、遠方へなんて……」

それは危険なのではないかといった。

ところが味川星之助は、松本からはまちがわず清水の自宅へもどっている。

「まだらボケという症状をきいたことがありますが、味川さんはそれだったんでしょうか」

石坂がいった。大下も、人名や土地の名を、たびたび忘れる人がいるのを知っているといった。

4

道原と吉村は、新富町の味川家を訪ね、白布に包まれた星之助の遺骨に向かって焼香し、合掌した。星之助は、黒縁の小さな額におさまっていた。額が小振りなのは、故人の亡くなりかたが異常だったからではないか。

焼香を終えると道原と吉村は、千代子のほうを向いた。彼女の後ろには二組の夫婦が正座して俯《うつむ》いていた。星之助と千代子の長女である古川清見夫婦と、次女の笹井詩季夫婦だ。

玄関で人声と物音がして、わりに背の高い男が座敷へ入ってきた。星之助の弟の健二郎だった。

健二郎は、二人の刑事に頭を下げてから遺骨に向かった。「兄貴」と呼んでから、

「いったい、なにがあったんだ」

と、声を震わせ、手も震わせながら線香を供えた。振り返ると、手の甲で涙を拭《ふ》きながら千代子に向かって、

「申し訳ない。兄貴に、もっと寄り添ってやるべきだった。取り返しのつかないこと

を……」

といい、唇を嚙《か》んだ。彼は巴川造船という会社の幹部社員だった。

この席にいるべき一人の姿がなかった。星之助と健二郎の父の勇一郎だ。彼は九十歳。寝込んでしまったのではないかと道原が千代子にきくと、戸を閉め切った自分の部屋に閉じこもっているという。道原は、家族のなかで、星之助の災難を最も哀しんでいるのは、勇一郎なのだろうと思った。

千代子は、すっくと立つと台所へいった。吊り下がっていたタオルをつかみ取ると、顔にあてていた。道原は、そっと彼女に近寄った。

彼女はタオルを手にしたまま、キッチンテーブルの椅子に崩れるように腰掛けた。

道原は、彼女の正面へすわった。

「お辛いでしょうが、少し話をきかせてください」

道原が低い声でいうと、彼女はタオルをにぎり直した。

清見がキッチンへきて、お茶を淹《い》れた。カンタという名の猫が清見の足へからみついた。

「星之助さんは、お亡くなりになる直前、日本平にいましたが、どのような用事でいったのかを、ご存じですか」

道原が千代子にきいた。

「そのことを警察署でもきかれましたけど、答えられませんでした。なにをしに日本平へいったのか知りません。いつものように黙って家を出ていき、どこへなにしにいくのかも話してくれませんでした」

「日本平では、若い女性と並んで歩いていたようです。星之助さんを知っている人が二人、それを見ています。見た二人は、女性の姿を、ほっそりとしてスマートといっています」

心あたりはないか、と道原はきいた。

千代子は、首を緩く振った。

道原と吉村は、自分の部屋に閉じこもっている勇一郎に会うことにした。二人が声を掛けて部屋の戸を開けると、勇一郎は正座していた。寝ていたのではなく窓を向いていたのだった。道原はその背中に、ききたいことがあるがいいか、といった。

勇一郎は正座のまま振り向いて、

「ご面倒をお掛けしております」

といっておじぎをした。

道原は彼の前へすわると、あらためて悔みを述べた。

「ボケが進んだのか、訳の分からん行動をするようになってたが、最後は、殺された。もう世間には顔向けできません」

勇一郎は膝の上で拳をにぎった。

「星之助さんは、ご不幸な目に遭う前、若い女性と一緒に日本平にいましたが、その女性にお心あたりがありますか」

「心あたりなんて……。息子のやっていたことはさっぱり分かりません。ふらっと家を出ていって、幾日も帰ってこなかったり。真面目に会社勤めをしておった者が、訳の分からんことをするようになった。タダのボケじゃないような気がしていました。……家にいるときは、それまでと変わらんように見えましたが、黙って遠方へいったり……」

勇一郎は、怒りをこらえているようないいかたをした。目を瞑って、首を左右に動かしていたが、

「殺されるほどだれかに恨まれていたとは思えません。人ちがいで殺《や》られたのかもしれません」

といって、宙の一点をにらむ目をした。

カンタが部屋へ入ってきた。星之助をさがしているかのように室内を一周して出て

いった。

道原と吉村は清水署へもどった。大下係長は部下の二人と、日本平から取り寄せた防犯カメラの映像を見ていた。

「一か所にだけ味川さんが映っています」

大下がそういって、映像を再現させた。

味川星之助は、美ノ山ホテルの正面出入口前に二分間ほど立ちどまっていたが、ホテル内へは入らずに歩いて、映像から消えていた。

「味川さんは、ホテルから出てくる人を待っていたんじゃないでしょうか」

大下だ。たしかにそのようにも受け取れる格好だった。ホテルから出てくる人を待っていたのだとしたら、その人は一緒に歩いていたという女性だろうか。

星之助が女性と一緒に歩いている姿をとらえている映像を期待していたが、それはなかった。

「横芝産業の社員からの情報ですが、味川さんがたびたびいっていたカフェがありました。彼の奇妙な行動が目に付くようになってからも、週に二回ぐらいはその店へいっていたようです」

そこは、清水次郎長《しみずのじろちょう》の生家近くの「ダ・マリンダ」という店だという。

「私も何度かいった店で、清水では一番コーヒーの旨い店だといわれています」

大下はそういって、メモ用紙にその店がある清水町《しみずまち》への地図を描いてくれた。

「夫婦でやっているコーヒー色のドアの店です」

と教えた。

星之助に関する情報なら些細《ささい》なことでも拾いたかったので、道原と吉村はコーヒー色のドアのカフェへ向かった。

清水町は巴川の右岸で、寺院がいくつもあった。ダ・マリンダは、小さなビルの一階。コーヒーのような色のドアに白字で店名が書いてあった。三、四人がとまれるカウンターがあって、古びたテーブルの席が四つある。客はいなかった。

道原と吉村は、ブレンドをオーダーしてから身分証を見せ、味川星之助の身辺を調べている、と白髪のマスターにいった。細君と思われる人は背中を向けて書きものをしていたが振り向き、小さい声で「味川さんのこと」といった。

「味川さんは、十五、六年のあいだ、週に二回はきてくれていたお客さんでした。カップは九谷《くたに》の少し大きめの……」

マスターはそういうと、棚の上の飾り物のようなカップを指さした。それは柿のような色をしていた。味川が持参した物で、彼はそのカップでコーヒーを飲んでいたという。

「味川さんは、いつもこのカウンターで……」

道原がきいた。

「いいえ、あそこの席で」

マスターは壁ぎわのテーブルを指差した。

「独りできていましたか」

「会社の方とおいでになったこともありましたけど、独りのときのほうが多かったです」

「同僚以外の人ときたことは」

「取引先の方とおいでになったこともありましたし、二、三年前に、若い女性とおいでになったことも」

「ほう、若い女性と。その女性は何歳ぐらいでしたか」

「二十二、三歳だったと思います。その方はここへ先にきて、味川さんを待っていました。……たしか初めておいでになった方で、きれいな方だったのを憶えています。家内は、珍しいと味川さんのことをいっていました」

細君はボールペンを持ったまま、

「憶えています。たしか味川さんが若い女性の方と一緒だったのは、その時だけだったと思います。……待ち合わせの人は、たいてい入口のほうを向いてすわるのに、その女性は壁を向いていたのを憶えています」

「味川さんとその女性は、ここに長時間いましたか」

「コーヒーを一杯飲んで、二人で出ていきました」

「その女性の顔を憶えていますか」

「さあ、どうかしら」

細君は、マスターのほうへ顔を向けた。マスターは自信がないというのか、首をかしげた。

「その女性は、どんな感じの人でしたか」

「どんな感じ……」

マスターと細君は顔を見合わせていたが、

「会社勤めの方ではなさそうでした。もしかしたら学生だったかも」

細君は慎重な答えかたをした。

道原は、その女性の体格を憶えているかときいた。

「器量もよかったし、姿勢もいい人だったような気がします」

　女性の服装を憶えているかともきいた。

「夏だったような気がしますので……」

　細君は俯いた。さかんに思い出そうとしているようだった。

　道原は、味川の死因を話した。

「腹を、刺された」

　マスターが目を丸くしていうと、細君は顔を両手でおおった。

「味川さんは定年前に会社を辞めましたが、退職後もこちらへは……」

「勤めていたころほどではありませんが、月の内何回かはきてくれました」

　マスターが答えた。

「定年前に会社を辞めた理由をご存じですか」

「知りません。きいてはいけないような気がしたので」

「物忘れがひどくなったようでしたが、そういうことに気付いたことがありましたか」

「以前とは、なんとなく変わったなと思ったことはありました」

　それはどんなことかときくと、以前からコーヒーを飲みながら店に置いてある週刊誌などを見ていたが、店を出ていくときは、それを元の位置にもどしていた。ところが最近は、テーブルに置いたまま店を出ていくようになっていたという。

「味川さんは、あなた方とよく会話をする人でしたか」

「いいえ。お独りでくると、すぐに週刊誌や写真集を開いている人でした。仕事関係の人とは、よく会話をしていました」

「あ、思い出したことが……」

細君が目を醒《さ》ましたような顔をした。

「今年の四月か五月ころのことです。独りでおいでになって、週刊誌を見ながらいつものようにコーヒーを飲んで出ていったのですが、一時間ほど経って、また独りでおいでになりました」

「そうだった。そういうことがあった」

マスターがいった。

「またコーヒーを飲んだのですね」

「そうです。わたしはヘンだと思いましたけど、黙っていました」

一時間ほど前に飲んだことを忘れてしまったのだろうか。認知症の高齢者が、食事をして一時間も経たないうちに、「メシはまだか」ということがあるらしい。

清水署の捜査本部では、味川星之助がなぜ日本平へいったのかを話し合っていた。その結果、彼と一緒に歩いていた女性に呼ばれた可能性がある、という意見が一致した。

その女性とはどこのだれなのか。その女性をさがし出すために、美ノ山ホテルのロビーに設置された防犯カメラの映像を入念に観察した。ロビーの中を単独で歩いている女性は何人もいた。

味川が美ノ山ホテルの玄関近くに立っていた直前の時刻にロビーを歩いていたか、ソファにすわっていた女性を映像から拾った。閑散としたロビーを奥のほうへ向かって歩いていく二人連れの女性がいた。その二人は四十代見当で、売店へ入っていった。角柱の横のソファで新聞を広げている女性がいた。新聞で顔が隠れていたが、五分ばかり経つと新聞をたたんだ。その人は三十代ぐらいに見えた。

大下らの捜査員は、カメラがとらえていた三人の女性の身元をフロントで聞き出した。

三人とも住所は東京で、美ノ山ホテルには数日滞在していた。

ホテルの外のカメラが味川星之助をとらえていた時刻に、三人はホテル内にいたことが確実だったので、彼と一緒に歩いていた人でないことが確認された。

捜査員は、東京へ出張して三人の女性に会い、八月二十二日の午後五時ごろ、二十代に見える姿のいい女性を、ホテルの中か外で見掛けていないかをきいた。が、三人とも見た憶えはないと答えた。

したがって、味川が若い女性と一緒に歩いているのを見たといっているのは、秀洋造船の石坂と鈴木だけである。

第三章　眠りなき星

1

道原と吉村は、松本市県《あがた》の上条光則宅に身を寄せている貞彦と悦子に会いにいった。

道原が、二人の体調を尋ねると、

「家の火事を思い出すと、胸が痛くなります」

と悦子は胸に手をあてて答えた。そして、

「さっきまで円佳さんがきていたんですよ。おじさんの好物だからといって、新潟の柿の種とあわ雪というお菓子を、おみやげにいただきました」

悦子はそういって、柿の種を皿に盛って、

「どうぞ、召し上がってください」

と、テーブルに置いて、お茶を出した。彼女は、この家の空気にも慣れたようだ。

「円佳さんの実家には、両親と兄弟がいるようですか」

道原がきいた。

「お父さんは会社員で、妹さんが一人いるということです。ご両親は五十代のようで、丈夫な方たちのようです」

悦子が答えた。

「私たちの名と住所を書いたものを持って、事件に遭った男の人は、だれに殺されたのですか」

貞彦が湯呑みを手にしてきいた。

「犯人はまだ分かっていません。被害者の味川という人は、事件に遭う前に、若い女性と清水の日本平を歩いていたことが目撃されています。警察は目下、被害者と一緒に歩いていた女性がだれかをさがしています。その女性が事件に関係があるかどうかは、分かっていません」

「これまで私たちは、事件などとは無関係でしたのに、家を焼かれたり、見知らぬ人が、名前や住所を書いたものを持っていて、その人が殺されたり……」

貞彦は下唇を突き出した。悦子は、寒気を覚えたように身震いした。

「倉木円佳さんは、就職したのですか」

道原がきいた。

「女性を募集している会社や商店は、何か所もあるようですが、いまのところ気に入った先はないといっていました」

悦子はシャツのボタンをまさぐりながらいった。


署にもどった道原は、新潟県警本部へ電話した。住所は不明だが倉木円佳という女性の身元を知りたい。本人は現在、松本市に住んでいるが実家を確認したいと告げた。

二時間ばかりすると問い合わせについての回答があった。県内に倉木姓の家は四軒あり、そのうち二軒が新潟市内。しかしその四軒には「円佳」という名の人はいないという。

倉木円佳は、実家は新潟市内だと上条夫婦に話していたらしいので、新潟市内の倉木姓の二軒の電話番号を調べてもらった。

一軒は新潟市東区松島《まつしま》、もう一軒は西区亀貝《かめがい》。その二軒に電話して「円佳」という二十四、五歳の女性に心あたりがあるかと尋ねた。するとその二軒は、親戚だが、「円佳」という名の人はいないし、きいたこともないといわれた。

その答えをきいて、道原はある人の話を思い出した。里山辺の相沢というアパートの家主の妻だ。彼女は新潟市の出身だ。アパートの空室を見にいった円佳と会話した。円佳は新潟出身だと上条夫妻からきいていたが、彼女の言葉には新潟の訛がなく、べつの土地の言葉がまじっていることに気付いたというのだった。

円佳がべつの土地の出身なら、なぜ新潟出身だといっているのだろうか。

道原は上条夫婦に、円佳を採用するにあたって、履歴書か、それと同様の物を受け取っているかを尋ねた。すると悦子が、「きれいな字の履歴書を受け取っていましたけど、それも火事で……」と答えた。

道原と吉村は、円佳が住みはじめた里山辺のアパートを見にいった。アパートの近くには鉄製の火の見櫓《やぐら》が天を衝いていた。

「いまごろ、火の見櫓なんか使うことがあるでしょうか」

吉村はところどころに錆《さび》の浮いた櫓に手を触れた。

円佳は、二階の角部屋に住むことにしたのだときいていた。

二階への階段を昇ろうとしたところへ、円佳が降りてきた。彼女は、クリーム色の地に縦縞《たてじま》の半袖シャツに紺色のパンツ姿だった。道原たちを見ると、「あらっ」といった。目鼻立ちのととのった涼しげな顔だ。身長は一六〇センチ見当だ。

「あなたにうかがいたいことがあって」

道原はそういって、階段の下で彼女と向かい合った。

彼女は、市内のある商店へ就職のための面接にいくところだといった。

「あなたは、新潟市の実家へいってきたということでしたね」

道原は彼女の正面に立ってきいた。

「はい」

彼女は返事をしたが、その声は小さかった。

「新潟には、ご家族がいるんですね」

「います」

やはり声は小さい。

「ご実家は、新潟市のどこですか」

「なぜ、わたしの実家のことを、おききになるんですか」

そういった彼女の言葉には訛は認められなかった。

「重要なことだからです」

「重要……。上条さんのお宅が火事になったことと、わたしの実家は関係がありません」

「私たちは、上条さんの家の火事とはべつの重大事件を調べている」

「わたしも、わたしの実家も、事件などとは関係がありません」

彼女は口元を少しゆがめた。涼しげな目をしているが、気が強そうだ。

「あなたは、人に新潟出身だといっているようだが、それは偽りで、ほかの土地の出身でしょ」

「どうしてなのか、分かりませんが、わたしを疑っていらっしゃるようですね。それは、どうして」

彼女は一瞬、キツい目をして視線を逸らすと、

「急ぐ用事がありますので」

といって、くるりと背中を向けた。

「なぜ、新潟出身でないのに、新潟出身だとか、実家が新潟にあるなどと……」

彼女の耳には道原の言葉が突き刺さっているはずなのに、背中を向けて歩き出した。

三〇メートルほど先にタクシーがとまり、客を降ろしていた。円佳はそのタクシーに向かって突進するように走り、身を縮めて乗り込んだ。

「彼女は、出身地や親が住んでいるところを隠している。なぜ隠さなくちゃならないのか」

円佳を乗せて去っていったタクシーを見ながら吉村がいった。

「あの女は、深い秘密を抱えている。それで出身地を隠しているんだろうな」

そういった道原は、ハローワークへいくことを思い付いた。倉木円佳は、就職口をさがしていたにちがいない。

庄内《しょうない》の「ハローワーク松本」を訪ね、倉木円佳という女性が就職先をさがしていたと思われるがと職員にきいた。

「ありました。開智《かいち》の開智病院を紹介しました。雑用係で日給制で、休みは週に一日という条件でした。病院へは面接にいっていると思います」

道原たちは職員に礼をいって、開智病院へいき、男性の事務長に会った。

「面接をして、次の日から働いてもらいましたが、三日間勤めただけでした。あとはなんの連絡もないので、勤める気がないのだと思いました」

「嫌なことでもあったのでしょうか」

道原がきいた。

「病室の浴室の掃除や、汚物の始末がありますので、それはあらかじめ話しておきました。嫌になったのはべつのことだと思います」

「べつのこと。……それはなんでしょうか」

「個室に入っている男性の患者さんから、いろんなことをいわれたようです」

事務長は額に皺《しわ》を寄せた。

「いろんなことといいますと」

「可愛いね、といわれたんです」

「顔立ちがいいからでしょう」

「背中を掻《か》いてくれないかともいわれたそうです」

「それくらいのことは、してあげてもいいのでは」

「そうですが、いい方が気になったのでしょうね。……それから、『お風呂に入っていきなよ』ともいわれたということでした。彼女は私に、その患者さんのことを、『病名は痴漢だ』といいました。患者さんは暇をもてあましているので、若い女性をからかってみたくなるんです」

いったんは就職したのだから、履歴書を提出しただろうと道原はいった。

事務長は水色のファイルから円佳の履歴書を抜き出した。

［倉木まどか　二十六歳
住所　松本市里山辺
学歴　静岡県静岡市立入江中学校卒業

清水青葉高等学校卒業

職歴　清水区・新港倉庫株式会社勤務

清水区・富士見セメント勤務」

履歴書を見た道原と吉村は、顔を見合わせた。

「生まれが、清水」

吉村は口走った。

「新潟とは無縁のようだ。なぜ新潟出身だとか、実家は新潟だなどといっているんだろう」

道原はメモを取りながらいった。

「清水の出身ということを隠したかったんでしょうね」

「清水に住んでいた者が、どうして松本で暮らすようになったのかを、おききになりましたか」

道原が事務長にきいた。

「お城のあるきれいな街だからだといっていました。前年に観光旅行に初めてきて、街の雰囲気が気に入り、住むことにしたといっていました」

はたしてそのとおりかどうかは不明だ。

道原と吉村は署にもどると、清水署の大下係長に電話で、倉木まどかの履歴書のコピーを送るので、それに記入されている経歴を確認してもらいたいと依頼した。

その回答は夕方にあった。

「氏名と年齢に偽りはありませんし、学歴も申告どおりです。清水区の新港倉庫には約四年間、同じく清水区の富士見セメントには約三年間勤務していました。両社とも事務職で、勤務振りは大過なしということでしたが、富士見セメントでは、同社勤務の男性社員に求愛され、それを断わりきれなくて退職を決めたことが同僚に知られていました。書類上は両社とも円満退職です」

当時の住所をきいた。

「清水の南岡町《みなみおかまち》です。清水次郎長のお墓と銅像のある梅蔭禅寺《ばいいんぜんじ》という寺の近くです」

「次郎長は銅像になっているんですか」

「はい。腰掛けていて、怖い顔をしています。次郎長の生家もその近くです」

道原は倉木まどかの家族をきいた。

「父親の修一《しゅういち》は天王山運送というトラックが四十台もある運送会社の運転手です。

母親の浜子《はまこ》は三保の松風《まつかぜ》ホテルに長年勤めています。まどかは長女で、七歳ちがいの妹まなみは、東京の大学に在学中です。家を撮りましたので、写真を送ります」

倉木家の写真が送られてきた。木造二階建ての家は借家だという。玄関の柱には「倉木」という太字の表札が貼り付いていて、ドアの前には赤や黄色の花を付けた鉢がいくつも並んでいる。平穏な生活《くらし》の家族のようだが、なにが不足で、まどかは遠方で暮らすことにしたのか。

2

松本署では午後七時から捜査会議がはじめられていた。深志の上条家放火事件について集めた情報を検討していたのだ。火災の日の午前中に、上条家の付近を行ったり来たりしていた男がいたという情報は、上条家をはさんでいる会計事務所と設計事務所の職員からきいていた。その怪しげな行動の男は、清水からやってきた味川星之助だったようだということになった。

味川が上条家に火を付けるために、そのチャンスをうかがっていたのではということになった。出火したのは八月十三日の午後。昼食をすませたあと家人は、昼寝をしているころと、犯人は踏んだのだろう。その家にはだれとだれがいるのかを、犯人はつかんでいた。上条夫婦は味川星之助などという男と会ったこともないし、名前さえもきいていなかった。その夫婦には、家事を扶《たす》けている倉木円佳がいた。彼女は清水出身で家族も清水に住んでいる。星之助が円佳を知っていたとしても不思議ではない。もしかしたら星之助と円佳は昵懇《じっこん》だったのではないか。その円佳を星之助は殺そうと企てた。動機は不明だが、彼には彼女を殺す理由があった。それでびんに灯油を入れて、勝手口に振りかけて火を付けた。その時、上条夫婦も円佳も外出していた。三人は帰宅しようと自宅に近づいたら火の手が天に昇っていたので、腰を抜かした。

「もしかしたら……」

吉村が宙をにらんでつぶやいた。

「もしかしたら放火犯人は味川星之助じゃないかって、円佳は勘付いたんじゃないでしょうか」

「考えられるな」

道原は顎《あご》を引いた。

「味川だとしたら、放火の目的にも」

「放火犯人が味川だったとしたら、彼は円佳を焼き殺そうと企てたことも……」

松本署は円佳からも放火犯人についての心あたりをきいている。だが彼女は、放火犯人についての見当などつかないし、「上条さんご夫婦は、人に恨まれるような方々ではありません。犯人はまちがって上条家に火を付けたのでは」といっていた。

捜査会議は午後九時十二分に終わった。道原と吉村は、開いていたノートを閉じた。椅子《いす》を立ったところへ一一〇番通報が入った。

松本市には裏町《うらまち》と呼ばれている繁華街がある。飲み屋が並んでいる界隈《かいわい》だ。その通りの城東《じょうとう》という信号のすぐ近くの空き店舗の軒下に、うずくまっている男性を通行人が見つけ、どうしたのか、と声を掛けて肩を叩こうとした。すると男は、どっと倒れた。その人のシャツの腹は血に染まっているように見えた、と男が甲高い声で電話に叫ぶようにいった。

「事件だ」

三船課長は、立ち上がった一同を見渡した。

道原と吉村は、赤灯を点滅させているパトカーに飛び乗った。サイレンの音が頭に突き刺さった。

現場はすぐに分かった。空き店舗の前は薄暗がりだ。その建物のドアに貼りつくような格好をした男が倒れていた。通報者がいったとおり、倒れている男の白いワイシヤツは血に染まっている。救急車が着いた。救急隊員とともに腹から血を流している男を観察した。樽《たる》のような肥満体だ。身長は一七〇センチあまりだろう。グレーの地に紺色の縞の上質そうなスーツを着ている。死亡して間もなくのようだ。救急隊員が二人、男を仰向かせた。五十代半ば見当だ。腹のド真ん中を刃物で刺されたらしい。

頭の横に茶革の手提げ鞄《かばん》があった。遺体の男の持ち物だったようだ。

吉村がライトを持って、男の上着の襟をめくった。「戸祭《とまつり》」という縫いとりが認められた。

鞄のファスナーを開いた。小型ノート、財布、名刺入れ、キャッシュカード、ボールペン、水色のハンカチが入っていた。財布の中身は一万円札が十二枚と千円札が三枚だった。

名刺入れから名刺を一枚を抜き出した。

［戸祭君房《きみふさ》　明海《めいかい》産業株式会社代表取締役社長　静岡市駿河《するが》区西島《にしじま》　〇五四――］

「会社の社長か。静岡から……」

道原はつぶやいた。

「なぜか最近、静岡に縁がありますね」

吉村が太った遺体を見ながらいった。

後ろを振り向くと救急車とパトカーの脇に野次馬が十人ばかり立っていた。どの顔も震えているように見えた。

遺体は検死のために運ばれていった。鑑識係はライトを手に地面を這《は》っている。

明海産業へ電話したが、応答する人はいなかった。

道原たちの刑事は、付近の飲食店を聞き込みにまわった。腹を刺された男は、近くの店で飲んでいたことが考えられた。

午後十時を過ぎた。事件があったことを知らずに歩いている人たちもいた。道原の腹の虫は、「なにかが欲しい」と悲鳴を上げはじめた。吉村も腹を撫でている。

市役所のほうへ寄ったところに「おでん」という看板を出している店を思い付き、吉村を誘った。何度か食事をしたことのある店で、白い帽子のおやじは、「いらっしゃい」といってにこりとした。客は三人いて、赤い顔をしていた。

「近くで、事件があったそうですね」

おやじが道原にいった。

「ああ」

道原はナマ返事をした。

「松本は、事件というものが少ない土地といわれているのに」

おやじは、大根とはんぺんと竹輪を盛った鉢を、道原と吉村の前へ置いた。今夜は酒は抜きである。

二人はおでんで腹の虫を黙らせると、水を飲んで、あらためて仕事に取りかかった。

小さな紅いランプをドアに三つ付けた店から、聞き込みにまわっていた小沢《おざわ》と佐野《さの》刑事が出てきた。

「腹を刺されて死んでいた男は、この店で飲んでいました」

小沢がハンカチを手にしてドアを振り返った。紅いランプの店の名は「ブルーズ」。裏町では規模が大きいほうのクラブで、ホステスが七、八人いる。ママは元芸者をしていた人で、五十歳ぐらい。若いときは細身だったが、いまの体重は六〇キロ以上だろう。

「ママを呼び出してくれ」

道原が佐野にいった。

一年ぐらい前に会ったことのあるママは、見ちがえるほど太っていた。紅いランプのドアから五、六メートルはなれたところで、道原はママと向かいあった。

「戸祭君房という人は、今夜、ママの店で飲んでいたそうですね」

胸に手をあてているママに道原がきいた。

ママは上目遣いで、七時ごろから一時間ぐらいのあいだ飲んでいたと、低い声で答えた。

「戸祭さんは、常連ですか」

「いいえ。たしか二度目だったと思います」

「二度目。前回はいつでしたか」

「五月か六月ごろだったと思います」

「独りで」

「いいえ。前回も今回も鶴岡《つるおか》さんとご一緒でした」

「鶴岡という人は、常連なんですね」

「はい。以前からのお客さまで、月に二、三度はお見えになります」

「なにをしている人ですか」

「鶴岡明彦《あきひこ》さんというお名前で、松本市内で不動産会社を経営なさっています。正確なお歳は知りませんが、五十歳ぐらいです」

五月か六月に、戸祭を伴ってきたのは鶴岡だったという。

「ママは、戸祭さんと話をしましたか」

「前にお見えになったとき、お名刺をいただいて、二言三言。鶴岡さんがおっしゃるには、戸祭さんは静岡で、手広くご商売をなさっていらっしゃるそうです」

その戸祭が何者かに刃物で腹を刺されて死亡した。

「さっき、刑事さんからきいて、腰を抜かしました。うちの店で飲んでいらした方が……」

ママは両手を頰にあてた。

今夜の戸祭は、どんな話をしていたかを道原はママの顔を見ながらきいた。

「お話はしませんでした。わたしはご挨拶をして、ほかのお客さまのところへ……」

ママは声を震わせ、ハンカチをにぎりしめた。

「ママの店を出た戸祭さんと鶴岡さんは、どこへいったのでしょうか」

道原がきいたが、ママは分からないと答えた。

「鶴岡さんがよくいく店を知っていますか」

ママは人差し指を顎にあてて首をかしげていたが、一〇〇メートルほど北に、「峠《とうげ》路《じ》」という料理屋がある。鶴岡はその店をよく利用しているらしいといった。

峠路は松本では有名店だ。道原も何度かいっている。

峠路は入口に人間の背丈ほどの提灯を吊り下げている。きょうの営業が終わって、従業員がその提灯を取り込もうとしていた。

鶴岡という客がたびたびきているようだが、今夜はどうだったと、道原が背の高い女性従業員にきいた。

「お見えになりました」

連れがいたかときくと、午後八時ごろに一人の男性と一緒にきて、食事をして、九時すぎに帰ったという。

「鶴岡さんと一緒にきたのはどんな人でしたか」

「五十代半ばぐらいの、太った方でした」

「その人は、前にもきたことがありましたか」

「さあ。わたしは憶えていません」

食事を終えたあと、どこかの店へ飲みにいっただろうかときいたが、それは分からないと彼女はいった。

道原は、「九時すぎに峠路を出た」と、ノートにメモした。鶴岡と戸祭は、峠路で食事をしたあと、近くのバーかスナックへでも入り直したのだろうか。

通行人が、「男の人がうずくまっている」と一一〇番通報したのは、午後九時十五分。戸祭が何者かに腹を刺されたのは峠路を出て何分も経たないうちだろう。彼は鶴岡明彦と一緒だったのか、それとも別れた直後だったのか。

道原と吉村はブルーズへもどってママに、鶴岡明彦の住所をきいた。ママはカウンターの下から取り出したノートを開いた。

「浅間温泉《あさまおんせん》です」

地番をきいて女鳥羽《めとば》川近くだと分かった。

パトカーに乗り、鶴岡明彦の自宅前へ着いた。木造二階建てのわりに大きい家だ。門柱のインターホンを押した。犬が吠えはじめた。声からして大型犬のようだ。インターホンへは女性が応えた。警察の者だが鶴岡明彦さんは帰宅しているかときくと、風呂に入っているといわれた。声は若そうだったが、「奥さんですか」と道原がきいた。

「娘です。ご用はなんでしょうか」

「事件が発生しました。ご主人に話をうかがいたい。夜分にすみません」

下駄の音がして門のくぐり戸が開いた。薄い色のワンピースを着た女性が、「どうぞ」といい、二人の刑事を招き入れると錠を締めた。

植木のあいだに白砂を敷いているらしい小径が曲線を描いていた。鼻筋と胸が白で背中の黒い大型犬が尾を振っていた。毛あしは長そうだ。

「凄い。マウンテンドッグだ」

吉村がいって、犬の頭に手を伸ばした。

玄関へは、細身で面長の中年女性が出てきた。

「鶴岡の家内でございます」

そういって頭を下げてから、夜間に何事か、ときいた。

「ご主人のお知り合いが、今夜事件に遭いました」

鶴岡の妻は眉《まゆ》を動かした。風呂に浸っている夫には、刑事が訪れたことを伝えたという。

二人の刑事は洋間へ案内された。

クリーム色の壁に縦一メートルぐらいの重厚な額におさまった絵が飾られていた。ミレーの「仕事に出かける人」だ。黒っぽい帽子をかぶった男は農具を担いでいる。その男の右側には笊《ざる》に似たものをかぶった女が、歩きながら男の話をきいているように描かれている。男の足は屈強そうだ。

鶴岡明彦は、グレーの薄い生地のガウンを着て洋間へ入ってきた。四角ばった顔で眉が太い。彼は道原の名刺を受け取ってからゆっくりとソファに腰掛けた。

「こんな時間に、何事ですか」

と、道原と吉村の顔をにらんだ。機嫌が悪そうだ。

　道原はあらためて夜間の訪問を詫びてから、

「鶴岡さんは今夜、清水から来た戸祭君房さんにお会いになっていましたね」

　顔を刺すように見てきいた。

「会いました。裏町のブルーズで一杯飲《や》って、峠路で食事をしましたが、それがなにか……」

「鶴岡さんと別れた直後だと思いますが、戸祭さんは、何者かに刃物で腹を刺されました」

「ええ、なんということを」

　鶴岡は顔色を変え、戸祭さんは重傷なのかときいた。

「残念なことですが」

「まさか……」

「お気の毒です」

「な、なんという」

　鶴岡は口を半開きにして天井を仰いだ。

　戸祭は裏町の空き店舗の軒下にうずくまっていたのを、通行人が見つけたのだといった。

鶴岡は額に手をあてて俯いた。

「信じられない。何時間か前まで、一緒にいて、商売の話を……」

鶴岡は唸り声を上げた。お茶を運んできた妻は、部屋に一歩入ったところで、凍ったように動かなくなった。

鶴岡は、峠路で食事をすると五〇メートルほど歩いた十字路の角でタクシーをとめた。戸祭は右手に見える「カラリナホテル」に泊まるので、

「あしたまた会いましょう」

といって別れた。二人が別れた地点はカラリナホテルへは五、六〇メートルの交差点の脇だった、という。

すると、戸祭を刺した何者かは、峠路を出た鶴岡と戸祭の後を尾けていたことが考えられる。戸祭が、タクシーに乗った鶴岡を見送って独りになったところを接近し、正面から刃物を突き刺した。戸祭は腹を押さえてよろけ、空き店舗の軒下にうずくまった。

「加害者は、戸祭さんのスキを狙《ねら》っていて凶行におよんだのではないかと思われます。犯人が分かっていないので、なぜ刺したのかは分かりません。なにかで恨みを持たれていたのかも。……殺された原因にお心あたりがありますか」

道原がきくと、鶴岡は眉をぴくりと動かして、

「殺される原因……。そんな恐ろしいことに心あたりなんて」

といって、一気に湯冷めしたように身震いした。

今回、戸祭が松本へきた目的はなんだったかを道原はきいた。

「開智の古いビルが売りに出されました。そのビルを買い取って、潰《つぶ》して、新しいビルを建てる。その事業に参加してもらうためです。あしたはその古いビルを一緒に見にいくことにしていたんです」

「戸祭さんは、明海産業の社長という名刺を持っていましたが、そこはどういう業種ですか」

道原はノートのメモに目を落としてからきいた。

「私と同じ不動産業です。金融業でもあるし、清水でバーもやっています」

「では、従業員が何人も」

「私は一度、明海産業へお邪魔したことがありますが、事務所には社員が十人ぐらいいました。バーには四十半ばぐらいのママと、ホステスが三、四人いました。バーは繁昌しているようでしたよ」

戸祭の自宅の電話番号を知っているかときくと、鶴岡は妻にスマホを持ってこさせ

た。その黒い電話器を見て、戸祭の鞄にスマートフォンが入っていなかったのを思い出した。上着のポケットを調べたがやはりスマホはなかった。もしかしたら彼を刺した犯人は、彼の上着や鞄の中をさぐって、スマホを奪って逃げたことが考えられた。彼のスマホには、犯人の氏名と電話番号が記録されている可能性があるからではないか。

鶴岡は一瞬、なにかを考えるような顔をしたが、黒いスマホに人差し指をあてた。呼び出し音はいくつか鳴ったようだ。

「あ、奥さんですか」

相手は、そうだと答えたようだ。

「私は松本の鶴岡です。こんな時間に……」

鶴岡はそういってから、右手を口にあてて咽《む》せた。下唇だけが上下した。相手はなにかを感じ取ったらしい。

「戸祭さんが……」

といってから、彼はスマホを道原の顔の前へ突き出した。スマホを受け取った道原は、唾《つば》を飲み込んだ。

「私は、松本警察署の道原という者です」

「警察の方……」

「ご主人の戸祭君房さんが、怪我をしました。はい、重い怪我を。ですので、できるだけ早く松本へおいでください」

戸祭の妻は、絶句したのか声を出さなかった。

「できるだけ早く」

道原は繰り返して、電話を鶴岡に渡した。鶴岡はなにもいわずに電話を切った。瞳には天井のライトが映っていた。

鶴岡の妻は、茶碗をのせた盆をテーブルに置くと、手で口をふさいで、逃げるように部屋を出ていった。

十分ばかり沈黙の空気が流れた。

「戸祭さんには、鶴岡さんのほかに松本に知り合いの人がいましたか」

道原が、額を険しくしている鶴岡にきいた。

「いなかったと思います。松本や上高地へ、観光には何度かきていたようですが」

「鶴岡さんは、どんなご縁で戸祭さんとお知り合いになられたのですか」

「三年ばかり前に、あがたの森通りにある家具の展示場で出会ったのが最初でした。

私はこのテーブルを黒松製作所に注文していたんです。それが出来たという電話をもらったので、引き取りにいきました。そのとき戸祭さんは展示場を見学していて、私が依頼したテーブルを見て、どのぐらいするものなのかと値段をききました。旅行者に見えたので私が、どちらからおいでになったのかときいたんです。展示場ではお茶を出してくれたので、椅子に腰掛けて雑談をしました。すると戸祭さんと私の商売が同じだったことが分かり、不動産に関する話をしました。話をきいて、私より戸祭さんは手広く商売なさっていることを知りました」

「そのとき戸祭さんは独りで松本へ」

「社員の男性を一人連れていました。お城を見るのが好きで、その日は松本城を初めて見たといっていました。……次の年、私が、家内と娘を連れて、清水へいきました。家内が三保から富士山を眺めたいと、前々からいっていたんです。……三保の砂浜から富士山を眺め、松原を歩いて、夜は戸祭さんと一緒に清水で食事をしました」

　道原と吉村は立ち上がって夜間の訪問を詫びた。あらためてミレーの絵に目を近づけた。複製ではなく本物であるのが絵具の凹凸で分かった。

「画家は同じ構図をいくつも描いています。そのなかから気に入ったのを展示したり美術商に渡したりしているようです。その絵は一八五一年ごろの作品です。『仕事に出かける人』は、パリのオルセー美術館に展示されていて、それを観てきた人の話によると、その絵とは、女がかぶっているものが違うそうです」

鶴岡はパリへいったおり、骨董《こっとう》市でこの絵を見つけた。以来、この絵が頭からはなれなかったので、翌年、またパリの骨董市へいってみた。するとこの絵は売れておらず、埃《ほこり》をかぶっていたのだという。

絵に目を近づけると、農夫の不格好な靴の下に藍《あい》色の小さな文字が這っていた。それは「ジャン・フランソワ・ミレー」と読めた。

甲府市の山梨県立美術館には、ミレーの「種をまく人」が展示されている。道原はそれを最初に観たときは、農民の労働に祈りたくなるような思いを抱いたが、仕事があって再度甲府へいった折りにまた美術館へ寄った。そしてまた「種をまく人」の絵の前へ立った。種を播いている農夫の背後には黒い点のようなものが散っていた。それがなにかに気付いたとき、この絵には強烈なメッセージが込められているのを知り、すぐには背を向けることができなかった。

3

翌朝、道原はいつもより三十分早く出勤した。吉村とシマコはすでに出勤していた。三船課長が出てきたところで捜査会議がはじめられた。どの捜査員も目を吊り上げ、口を固く結んでいた。

戸祭君房が腹を刺された現場付近の防犯カメラの映像に、全員が注目した。それは城東の交差点とその付近を映している。太った大柄な男と中肉中背の男の二人が交差点を渡った。その二人は戸祭と鶴岡だ。東のほうから走ってきたタクシーを鶴岡が止め、二人は手を挙げ、鶴岡がタクシーに乗った。

戸祭は西のほうへ十歩ばかり移動した。と、彼の正面に、帽子をかぶった小柄な人が、彼の行く手を阻むように接近し、体当たりをした。小柄な人はすぐに彼からはなれ、走って視界から消えた。戸祭は両手を腹部にあててよろけ、薄暗がりのなかへ崩れるようにしゃがんだ。つまりカメラは、戸祭が何者かに刃物で腹を刺された瞬間をとらえていた。

映像を拡大した。戸祭に体当たりした人物を詳細に観察した。

「女じゃないか」

三船課長がいった。

「若そうだ」

「少女じゃないか」

捜査員はつぶやいた。

服装は、黒い鍔《つば》のある帽子、グレーか水色の半袖シャツにジーパン。白いシューズ。刃物を白いタオルで包んでいたもよう。戸祭の腹をひと突きしただけで、背をまるくして走り去った。

「少女だとしたら……」

道原がいった。

「十七、八歳じゃないか。あるいはもっと若いかも」

課長は静止画面をにらみつづけた。

受付から、戸祭の妻が到着したという知らせがあった。

女性職員に案内されて会議室へ入ってきた戸祭八重子《やえこ》は五十歳ぐらいに見えた。二十代半ばの娘と、戸祭が経営していた会社の男性社員二人が一緒だった。色白丸顔の八重子は、腹痛でもこらえているように、胸と腹に手をあてていた。

大学の法医学部で検死を終えてきた遺体は、署の霊安室に安置されている。道原たちは、八重子と同行者を霊安室へ案内した。からだを震わせている八重子を、娘の亜《あ》紀《き》が支えていた。

霊安室は寒い。八重子と亜紀は手をつないでベッドに近寄った。吉村が、遺体の顔をおおっていた白布をそっとめくった。

「お父さん」

亜紀がつぶやくようないいかたをした。八重子は唇を震わせて手を合わせ、ハンカチを噛んだ。

「社長」

社員の一人が叫んだ。

鶴岡明彦が署員に案内されて霊安室へ入ってきた。彼は数珠を手にしていた。

「戸祭さん。なにがあったんですか」

鶴岡は遺体にそう問い掛けてから、

「間違いだ。だれかと間違えて、こんなことに……」

彼は唇を噛み、ハンカチを目にあてた。

鶴岡のいうとおり戸祭君房は人違いで被害に遭ったのかもしれなかったが、彼の背景を洗わねばならない。そして加害者だ。道原の目の裡には夜の防犯カメラが捉えた映像が、繰り返し映っている。黒い鍔のある帽子を目深にかぶった小柄な人だ。映像を見たうちの何人かが、少女の可能性があるといった。背をまるくして走り去る姿は少女に見えなくもない。

道原と吉村は戸祭の関係者を一人ずつ応接室へ招《よ》んだ。最初に招んだのは妻の八重子だ。

「ご主人は、殺されたのは間違いありません。殺されたのを知って、直感したことがありますか」

濃紺のワンピースに身を包んだ彼女に、低い声で尋ねた。

「いいえ。事業は順調のようでしたし、揉《も》め事のようなものもありません。主人は、経済的に恵まれた家の一人っ子でした。何代か前から広い土地を何か所かに持っていて、それを欲しい人に売っていたということです。主人の父親は和菓子屋を細ぼそとやっていました。儲《もう》からなくていいのだといっていたようですが、わさびやしょうがをまぜた羊かんの評判はよかったそうです。……主人は東京の大学を出て、郷里の静岡へもどって、清水の船具をつくる会社に何年か勤めて、三十五、六のときに先代からの所有地を売って、不動産業を始めたのでした」

八重子はときどき、目にハンカチをあてて話した。

「不動産会社のほかにも事業をなさっていたそうですが」

「金融業と水商売です。わたしは水商売には反対でしたけど、いい店が売りに出たのでといって。でも主人はその店へは、めったにいかないようでした」

「社員任せだったんでしょう」

彼女は犯人を恨んでか、ハンカチを目にあてて唇を噛んだ。

「ご主人が今回、松本へおいでになった主な目的はなんでしたか」

「鶴岡さんに招ばれたようです。一緒に取り組みたい事業があるようなことをいっていました。……主人は旅行好きというのか、年に何度もあちこちへいっていました。急に、『あしたは函館へいく』なんていうことがしばしばでした。訪ねていない県はなかったのでは」

「奥さんを誘っての旅行は」

「北海道や沖縄へいっています。娘を連れて海外旅行もしました。わたしは、主人ほど旅行好きではないので、年に一度か二度、一緒にいっておりました」

道原は、娘の亜紀からも、父親が殺された原因に心あたりがあるかをきいた。彼女は明海産業の社員でもあったので、事業上のトラブルはなかったかをきいた。

「静岡の葵《あおい》区にマンションを建てて販売しましたけど、何か月か後、工事に手抜きがあったことが分かって、入居者から損害賠償の訴えを起こされたことがありました。そのため工事を請け負った会社に手抜きの部分を直させて、円満に解決しました。わたしが知っているトラブルは、それだけです」

彼女は、やや細い目に涙を浮かべて、小さい声で道原の質問に答えた。

妻と娘に同行してきた二人の男性社員にも、

「社長が殺害された原因について心あたりがあるか」

ときいたが、

「社長は穏やかな人でした。社員の話をよくきくし、個人的な悩みの相談にものっていました。たぶん、人違いで災難に遭ってしまったのだと思います」

と、二人とも膝の上で拳を固くにぎって、赤い目をして答えた。

鶴岡にも話をきいたが、殺されたことが信じられないと答えた。彼には防犯カメラが捉えた映像を見てもらった。彼は、小柄な人物が戸祭に正面から体当たりする場面を繰り返し見てから、

「犯人は帽子をかぶっているので、顔は見えませんが、どうみても女のようです。走って逃げる格好から若い人だと思います」

といった。道原たちはうなずいた。鶴岡の判断は当たっているとみたからだ。

「若い小柄な女性……」

吉村はそういって、ノートにメモした。

被害者の身辺に、若い小柄な女性がいるかをさぐることになった。犯人の若い女性は戸祭と知り合いだったのだろう。彼とはどこで知り合い、どういう間柄になっていたのか。

「道原さん」

吉村がノートに目を落としたまま問い掛けた。道原は吉村の顔に注目した。

「清水の味川星之助も、ナイフで腹を刺されましたね」

「そうだった」

「今度の事件《ヤマ》と関連があるんじゃないでしょうか」

「関連か」

道原は首をひねった。

清水の日本平の林のなかで殺害された味川は、殺される直前、女性と並んで歩いていた。その女性は小柄ではなかった。二人が歩いているのを目撃した人は、女性を姿勢のいいスマートな人といっている。味川は、そのスマートな女性に、ナイフで腹を刺されたのかどうかは分かっていない。一緒に歩いていたので、加害者の可能性があると推測されているだけだ。

　道原は、清水の味川家へ電話した。星之助の妻の千代子が応じた。

「奥さんは、戸祭君房という人をご存じでしょうか」

「戸祭さん。知りません。どういう方でしょうか」

「住所は駿河区で、明海産業という不動産業と金融業の会社の社長です。星之助さんのお知り合いだったのではと思ったものですから」

「味川が横芝産業に勤めていたときに知り合った方かもしれませんが、わたしはお名前をきいた憶えもありません。その方がなにか……」

「松本市内で事件に遭われました。星之助さんと同じ静岡市の方でしたので、あるいはと思いましたので」

　道原は失礼なことをきいた、といって電話を切った。いったん閉じたノートを開き直して、味川が勤めていた横芝産業へ電話した。味川が所属していた部署へつないでもらった。コトコトという小さな音と話し声がきこえていたが、営業部の次長という太い声の男性が、

「お待たせしました」

と電話に応じた。

道原はその人に、戸祭君房という人を知っているかときいた。

「それはどういう方でしょうか」

「明海産業という会社の社長です」

「明海産業は知っていますが、社長のお名前は知りません。その方がなにか」

「昨夜、松本市内で事件に遭いました。戸祭君房という人です。もしかしたら、味川星之助さんの知り合いではなかったかと思ったものですから」

「どうでしょう。味川は明海産業とは仕事の上での関係はありませんでしたし、社長のお名前をきいたこともなかったと思います」

太い声の次長は、戸祭という人はどんな事件に遭ったのかときいた。

「刃物で腹を刺されました」

「刺された。亡くなったのですか」

「はい」

「味川と同じですね」

「ええ。犯人は女性のようです」

次長は身震いしたのか、別人のような声を出して電話を切った。

外は風が強くなったのか、木の葉のようなものが横に舞っていた。

4

松本署は、重要事件を二件抱えた。一件は深志の上条家の放火。一件は昨夜発生の社長殺し。事件も事故も比較的少ない土地とされてきた松本で、凶悪事件が立て続けに発生したことから、けさは署長が刑事課へきて、一言訓示をした。三船課長は、伏せた顔をしばらく起こさなかった。

道原は、戸祭君房が刺された現場をあらためて見ることにして、吉村とシマコと一緒に車に乗った。さっきまで吹いていた風はおさまっていた。女鳥羽川を渡って、郵便局の前に差しかかったところで、手をつなぐようにして歩いている男女を見つけて、車をとめた。上条貞彦と悦子夫婦だった。

道原は車を降りて、老夫婦の前へ立った。

「あら、刑事さん」

悦子が微笑した。夫婦は眼科医院で診《み》てもらったところだといった。

「きょうは、わりと涼しいので、お城へいってみようと思いまして。私はお堀を渡る赤い橋を眺めるのが好きなんです」

　貞彦はそういって、目を細めた。

　道原は、二人を見たとたんに、家が焼けて、黒く焦げた柱から煙が立ち昇っている無残なすがたを思い出した。そして次に頭に浮かんだのは、倉木円佳と称しているまいどかのことである。

　彼女は、静岡市清水区の生まれで、清水の会社に勤めていた。それなのに、松本へきてからは、出身地は新潟市で、家族も新潟市に住んでいるといっている。

「円佳さんは、市内の病院へ就職したが、入院している患者からいわれたことを嫌って、辞めたということですが、いまはどうしているのでしょうか」

　道原がきいた。

「きのうはお昼前にきて、三十分ぐらいいて、べつの就職先をさがすようなことをいっていました」

　悦子が答えた。夫婦は、市内の横田《よこた》か惣社《そうざ》あたりのマンションの部屋を借りるつもりだという。そして里山辺付近に小ぢんまりとした家を建てることにしようと、計画を二人で話し合っているのだといった。

「それを円佳さんに話したら、マンションへ入居したらお手伝いに通いますといってくれました。わたしたちを親のように見てくれているので、頭が下がります」

悦子は、早く円佳のつくる料理を食べたいともいった。

「円佳さんは、料理が上手だし、作るのが好きだといっていますので、小料理屋でもやればいいのに」

悦子は、歩道に植えられているナナカマドの枝に手を触れた。

道原は、松本城へいくという二人に、「気をつけて」といって車に乗った。

「円佳という女性は、上条さんご夫婦にはたいそう気に入られているようですね」

シマコが、後部座席から身を乗り出していった。

城東の交差点に着くと、車を道路端に寄せた。交差点を渡ったところで、道路を振り向いた。料理屋の峠路が見えた。戸祭の腹を刺した犯人は、戸祭と鶴岡が信号のある交差点を渡ってくるのを待っていたのだろうか。それとも峠路から二人が出てくるのを、店の近くで張り込んでいたのか。防犯カメラの映像では、タクシーに乗り込んだ鶴岡を戸祭は見送って、カラリナホテルの方向へ歩き出した。その瞬間を待っていたように、ホテル側から飛び込むように接近してきた犯人は、戸祭に体当たりした。彼に問い掛けて名前を確認したわけではなかった。戸祭君房を以前から知っていて、夜間でも見間違えることがなかったのか。

「だれかに指示されたんじゃないでしょうか」

シマコがいった。

「だれかに指示……」

道原は、戸祭がうずくまっていたという空き店舗をにらんだ。

「戸祭氏をよく知っている者に、ナイフを渡され、『殺れ』っていわれた」

シマコは少し股《また》を開いて、戸祭が刺されたと思われるコンクリートの現場をにらんだ。

「そうだ。そうにちがいない」

吉村がシマコの後ろで首を縦に振った。

指示した者と実行犯。少なくとも犯人は二人いる。道原はシマコの判断を支持する気になった。

空き店舗の軒下を向いていた道原の頭に、清水の秀洋造船会社の石坂と鈴木という二人の社員が口にした言葉が浮かんだ。日本平の広い道路を下っていた味川星之助を見掛けたといった人たちだ。味川は女性と肩を並べて歩いていた。その女性は「ほっそりとしていて、スマートに見えた」といった。

道原たちは松本城近くの駐車場へ車を入れて、松の木が並ぶ公園へ入った。上条夫婦はベンチに腰掛けて、堀に架かった赤い橋のほうを向いて菓子を食べていた。

またも三人の警察官が近づいてきたからか、夫婦は眉を寄せた。

「ちょっと気付いたことがあります。倉木円佳さんの写真がありますか」

道原が予想外のことをいったからか、上条貞彦は目を丸くした。

「ありません」

悦子が答えた。円佳を撮ったことがあったかもしれないが、焼失してしまったのだろう。

「円佳さんの姿勢にクセのようなものがありますか」

「べつにクセはありません。姿勢はいいほうです」

貞彦は答えてから、なぜそんなことをきくのかというふうに、三人の顔を見比べた。

堀の鏡のような水面には石垣の上の五層の天守閣と赤い橋が映っていて、石垣のそばを白鳥がゆっくりと泳いでいた。

「赤い橋には名が付けられているけど、知ってる」

シマコが吉村にきいた。

「知らない」

「埋橋《うずみばし》」

「ふうん。シマコさんは、なんでもよく知ってるんだね」

「役に立たないことをって、いいたいんでしょ」

吉村は黙って堀の中をのぞいた。

団体客がやってきた。城内を見学して出てきたらしい。先頭には白い開襟シャツの女性ガイドがいて、旗を手にして城の外観を説明していた。どこからきた人たちなのか、年配者が多く、疲れているような顔をしている人もいた。


道原たちの三人は、里山辺へいって、倉木円佳が入居している相沢荘が見える地点に着いた。二階の東と南に窓のある角部屋を見上げた。彼女は外出中なのか両方の窓には水色のカーテンが張られていた。一時間あまり張り込んでいたが、窓のカーテンは少しも揺れなかった。

「あした、朝から張り込んで、円佳を撮ってくれ」

道原は吉村に指示した。

夕方の捜査会議では、戸祭君房を刺したらしい人物が、市役所の方へはしっていくのを見たという聞き込みが報告された。その人物を目撃したのは二人の会社員で、

「二人は黒い帽子をかぶった小柄な人が、背中を丸めるようにして走っていき、その

あとを、わりに背の高い女性が、追いかけるように同じ方向へ走っていった」と語った。だがその二人は飲酒していた。背中を丸めるようにして走っていった人は、男か女かをきくと、分からないといった。

次の日の朝、吉村とシマコが里山辺へ出掛けた直後、松本城近くのみやげ物店の店主が、松本署へ電話をよこした。

「さっき、通行人のある人が店へ入ってきて、井戸の水を受けている桶の底に、妙な物が沈んでいると知らせたので、水を汲み出してみると、妙な物といったのは、ナイフでした。これは手を付けないほうがいいと思って、そのままにしてあります」

といった。

道原は、三十半ばの花岡《はなおか》とともに、みやげ物店の「はやし屋」へ駆けつけた。

店の横の井戸は、冷たい水を深さ約五〇センチの桶に注ぎつづけていた。松本市内には同じような井戸が何か所にもあり、水を飲んでいく人も手を洗っていく人もいる。

道原と花岡は水を溜めた桶の底を真上から見てから、挟みを使って光った物を摘み上げた。刃渡り一三センチ程度で、柄の部分も金属の片刃のナイフだった。何者かが、用が無くなったので、真水があふれている桶へ放り込んだものらしい。道原たちは、そのナイフを袋に入れて、大学の法医学教室へ走った。戸祭君房の遺体を解剖検査した教授に、ナイフを見せた。教授は、死因となった戸祭の腹部の刺創の形状記録を開いた。

「創口と創縁と創底のかたちが、ナイフの形状とぴったり合っています」

教授は、光ったナイフを見直して、戸祭の腹を刺した凶器に相違ないといった。

そのナイフの製造元は、岐阜県関市の「ミマツ刃物」という会社だと分かった。しかしそれを犯人はどこで手に入れたかは、知ることはできなかった。犯人は、製造元で買ったことも考えられるので、ミマツ刃物へ問い合わせた。すると同社では小売りをしていないが、愛知、静岡、東京の金物店が取り扱っているという答えが返ってきた。

味川星之助もナイフで刺されて死亡したので、戸祭君房を刺したナイフの写真と形状を清水署に送った。すぐに回答があって、味川殺害に使われたナイフのほうが刃幅が広いという。そのナイフは発見されていない。海にでも捨てられたのかもしれない。

里山辺のアパート相沢荘を張り込んでいた吉村とシマコが、正午近くになって署にもどってきた。アパートを出ていく倉木円佳を隠し撮りしてきたのである。

円佳は、淡いグリーンの長袖シャツに紺か黒のパンツを穿《は》いて、靴は白。肩にかけたバッグも白。ゴミの袋を持って、階段下の桶へそれを放り込んだ。周囲を窺《うかが》うように首をまわしてから歩きはじめた。身長は一六〇センチぐらいで痩《や》せぎす。長めの髪を薄く染めている。

吉村は円佳を、ある女優に似ている、といって首をかしげた。

「女優って、だれだ」

道原がきいた。

「女優の名前を思い出せないんです」

道原はシマコのほうを向いた。

「だれだってだれかに似ています。吉村さんのいう女優がだれなのか分かりません」

道原は清水の秀洋造船に電話して、社員の石坂につないでもらった。

「これから、ある女性の写真をメールで送りますので、よく見てください」

「味川さんと一緒に、日本平を歩いていた女性のことですね」

道原は、そうだといって、吉村に、歩いている円佳の写真を送らせた。

三十分ほど経つと、石坂が電話をよこした。

「写真を鈴木にも見せましたけど、味川さんと一緒に歩いていた女性なのかどうかは、分かりません。お役に立てなくて、申し訳ありません」

石坂はそういったが、日本平で見掛けた女性ではないかとか、似ているような気がするとはいわなかった。石坂と鈴木は、長いこと味川と女性を観察していたわけではなさそうだ。それと日時の経過から、記憶も薄らいでいるにちがいない。

以前、交通課員に轢《ひ》き逃げ事件の加害車輛についての話をきいたときのことを思い出した。轢き逃げを目撃した人は加害車輛を、「白っぽい乗用車だった」といった。べつの人は、「グレーのワゴン車だった」またべつの人は、「小型トラックだった」といった。後日、加害車輛が判明した。それは黒の乗用車だった。

第四章　揺れ模様

1

九月五日、朝のテレビでは、富士山に雪が降ったことを報じた。午前十時をすぎると松本の空は雲が散って、陽が差してきた。

上条貞彦と悦子は、弟の家に身を寄せていたが、気づまりなことでもあってか、市内物社のマンションへ移った。二部屋にキッチンの部屋だという。

道原と吉村は、そのマンションの二階の部屋を見にいった。

「家具も着る物も失くなってしまったので、少しずつ集めることにしています」

悦子は、キッチンの板の間へ置いた段ボールから、食器を取り出し、買ったばかりという中古品のテーブルに並べた。

「いま お茶を淹《い》れますので」

といった悦子に、

「いやいや、かまわないでください」

道原は顔の前で手を振った。

「ただいま」といって、円佳が買い物からもどってきた。彼女は大きい紙袋を板の間に置くと、お茶の用意をした。彼女は、道原たちのほうを向かなかった。道原たちはこの前、清水の出身なのに、なぜ新潟生まれで、家族が新潟にいるといっているのか、その理由をきこうとした。彼女は答えず、タクシーを拾って逃げるように去っていった。

悦子がいうには、円佳はこの部屋には同居せず、朝出勤してきて、夫婦と一緒に朝食を摂る。食器を洗って掃除をしてから、昼食と夕食の材料などを買いに出掛け、午後六時半に夕食を夫婦と一緒に食べて、里山辺のアパートへ帰る。

「今年中に、家を建てて、雪の降る前に新しい家に住むようにしたい」

貞彦はそういって、円佳の淹れたお茶を一口飲んだ。

「どちらかに、土地が見つかりましたか」

道原がきいた。

「光則が土地を見つけてきてくれました。古い家が建っていたところで、現在は更地になっています。土地は借りるつもりです」

光則というのは弟だ。彼は建設会社をやっている。

「タダで家を建ててくれといったら、資材費ぐらいは出して欲しいといっています」

貞彦は湯呑みを手にして笑った。

道原は、煮物の加減を見たり、食器を洗っている円佳の姿と横顔を盗むように見ていた。目鼻立ちははっきりしているが、憂いの漂う寂しげな顔立ちで、線の細いからだつきだ。笑ったことがないような、どこか不幸せな雰囲気がある。

彼女は、煮物の火をとめ、洗い物をすませると、悦子になにかを小声で告げて出ていった。その姿を、貞彦は目で追っていた。彼は、円佳の正体のようなものを知っているのではないか。正体までは知らないが、隠し事を秘めている女だと見抜いているような気がする。

ドアにノックがあって、宅配便が届いた。

「きた、きた」

貞彦の待っていた物が届いたようだ。彼は茶色の包み紙を裂いた。ＤＶＤビデオだった。

「古い映画です。刑事さんはご存じでないかも」

ケースの表紙にはモノクロームの男女の写真が映っていて、タイトルの浮いているような白い文字は［終着駅］だった。

「タイトルだけは知っていますが、観たことはありません」

「ローマ・テルミニ駅を舞台に、アメリカ人の人妻とイタリア人青年との離別を描いたドラマです」

「上条さんは、映画館でご覧になったことがあるんですね」

「そう。三十年ぐらい前。いや、もっと前だったかも」

「では、今夜は楽しみですね」

「これから、すぐに観ます」

妻の悦子は、立ったまま笑って、

「学校の先生だったのに、メロドラマが好きなんですよ」

といった。

「教師は関係ない」

貞彦はＤＶＤのケースをつかんで、憮然《ぶぜん》とした顔をした。

「ほかには、どんな映画を……」

道原が悦子にきいた。

「［ヘッドライト］。暗くて、寒い映画。わたしは身震いしました」

悦子は胸を囲んだ。

「何年も前に、私も観ました。ジャン・ギャバンとフランソワーズ・アルヌール。たしかに暗くて、冷たくて、遣る瀬《やせ》無い気持ちになったのを憶えています」

貞彦は、［ヘッドライト］をＤＶＤで何度も観ているという。


道原は、夫婦の顔をあらためて見て、円佳に話を移した。

「やさしくて、気は利くし、料理は上手だし」

悦子は、以前にもいったことを繰り返した。

「彼女は、安い給料で働いてくれていますが、お金には困っていないようです」

貞彦は、ＤＶＤのケースを撫でながらいった。それから、「顔立ちもいいし、スタイルもいい」と、つけ加えた。

「お二人とは、よくお話をしますか」

「ええ、買い物にいった先で、こんなものを見たとか、こんな人を見たとか。あっ思い出しました。女鳥羽川の近くで、有名な音楽家を見掛けたといっていました。白髪の指揮者のことです。その方は何人かと一緒に、会話をしながら歩いていた。松本ではそのほかに有名な方を何人も見ているといっていましたし、ここには長く住んでいたいともいっています」

悦子は、いい人を雇うことができたと思っているらしいし、円佳の正体を疑ったりはしていないようである。

道原と吉村は、上条夫婦の仮住まいのようなマンションを出ると、里山辺へ向かった。火の見櫓《やぐら》近くの相沢荘アパートの角部屋を見上げた。東と南を向いた窓にはカーテンが張られていた。その部屋に寝起きしている円佳は、上条夫婦の家事手伝いにいっているのだから、不在なのは当然だ。

アパートの家主の相沢家の玄関へ声を掛けた。玄関の横のガラス戸が開いて、野球帽をかぶった人が顔を出した。同家の主婦だ。

「いま、掃除をしていましたので」

主婦はそういって帽子を脱ぐと、髪を振った。五十代半ば見当で、嫁入り前の娘が二人いる母親だ。

道原は、アパートの相沢荘へ入居して半月あまり経過している倉木円佳のようすを主婦にきいた。

「何度も見掛けましたけど、別段変わったようすはありません。家を焼かれたご夫婦のところへ、お手伝いに通っているのだと思います。若い人なのに、家事手伝いとは……。地味な性質なのでしょうか」

「倉木さんと、お話をなさったことがありますか」

道原は縁側にすわった主婦にきいた。

「アパートへ入ったとき、二日つづけて会いましたし、それから十日ばかりして、アパートの前でも会いました」

主婦は円佳のことを、新潟出身といっているが、べつの土地の出身者だと見抜いているらしい人である。

円佳を訪ねてくる人はいないかときいたが、そういう人を見たことはない、と主婦は答えた。

「刑事さんは、倉木さんのことをさぐっているのですか」

主婦は眉を寄せた。

「上条さんの家は放火されたんです。放火の犯人は分かっていない」

道原は、庭の柿の木のほうへ顔を向けた。

「放火した犯人は、倉木さんと関係でもありそうなんですか」

「いや。どんな小さなことでも、見逃さないようにと調べているものですから」

道原は主婦に、倉木円佳に関して気付いたことでもあったら、連絡してもらいたいといって、立ち去ろうとした。

「待ってください」

主婦は袖を引っ張るようにいった。

「アパートに住んでいる人はお客さんですので、傷付けるようなことをいいたくはありませんけど、倉木さんは、出身地を偽っています。偽らなくてはならない理由があるにちがいありません。それが気になっているんです」

「ほんとはどこの出身だと思いますか」

「分かりません。新潟でないのはたしかです」

主婦は縁側に置いた帽子をつかんだ。彼女は、円佳の陰の部分を知ろうとしているようでもあった。

彼女には、上条夫婦が円佳に支給している賃金の見当がついているのだろう。人並み以上の器量よしの二十六歳が、家事手伝いという地味な勤めをしている点にも、何かの事情を隠していると、疑問を抱いていそうだ。

上条夫婦の話だと、円佳は毎日、夫婦の住所へ通って、買い物やら食事をつくっているらしい。一時、行っていた就職活動をやめたのだろう。病院へ雑用係として就職はしたが、男性患者にからかわれた。男の目に自分は淫《みだ》らな女に映るのかと、身震いしたのかもしれない。

現住所のアパートの家主の主婦は、これまで以上に倉木円佳を意識して、ちょくちょく二階の角部屋へ視線を投げそうだ。

署へもどる途中、ハンドルをにぎっていた吉村は車をとめた。助手席の道原のほうへ首をひねって、思い付いたことがあるといった。

「倉木円佳は夜、どこかで働いているんじゃないでしょうか」

「そうか。考えられるな」

円佳は毎夕、上条夫婦と一緒に食事をして、それの片付けを終えて帰宅しているということだった。夫婦の住むマンションを出てからの行動は不明だった。もしかしたら裏町のスナックなどでアルバイトをしていることも考えられる。

「彼女の帰りを尾《つ》けてみようか」

道原は、鳥が舞っている空を向いた。吉村は、賛成だといった。

署へもどった道原と吉村は、上条夫婦からきいた倉木円佳の日常と、彼女が住んでいる相沢荘の家主からきいたことを、課長に報告し、吉村が気付いた、円佳の夜間の行動をさぐってみることを話した。

「そうか、やってみてくれ。出身地を偽っている女だ。清水の出身者であるのを知られたくない事情を隠している」

課長がそういったところへ。相沢荘の家主の主婦から道原に電話があった。さっき会ってきた人だ。

「いい忘れたことを思い出したんです」

道原は受話器をにぎり直した。

「おとといのことですが、倉木さんは、中古の乗用車を買ったのを告げにきました。相沢荘に入っている人はみんな車を持っているので、アパートの裏側を駐車場にしています。コンクリートを張って、その地面に1から10までの番号を書いてあります。倉木さんは六号室なので、これまで空いていた6番へ車を入れました」

「それはどんな車か、ご覧になりましたか」

「グレーの、普通の乗用車です。倉木さんの車が入ったので、駐車場は満杯になりました」

電話を切った道原は、首をかしげた。円佳はなにか目的があって車を買ったのではないか。通勤のためではなさそうだ。

　上条悦子に電話で、円佳は車を買ったが、通勤に使っているのかを尋ねた。

「車を。……知りませんでした。歩いて通っているものと思っていました。車を買ったなんて、一言も……。中古車だって高いのではないでしょうか」

　彼女はあとで円佳に、車のことをきいてみるといった。

　日が暮れた。空気を入れ替えるようにシマコが二か所の窓を開けた。涼しいというよりも冷たい風が入ってきた。今夜は、倉木円佳の帰りを尾行するとシマコにいうと、

「わたしも一緒に」

といった。深夜になるかもしれない、というと、

「かまいません」

　彼女は胸を張って答えた。

2

　倉木円佳は午後七時すぎに、上条夫婦が住んでいるマンションを出てきた。道路へ一歩出たところで左右に首をまわした。北を向いて早足で歩いて駐車場へ入った。天

候でも見るように上を向いて首をまわした。

「防犯カメラの位置を、たしかめているんじゃないでしょうか」

円佳の後を尾ける車のなかから、シマコが双眼鏡をのぞいた。円佳は、カメラの視野に自分が入っているかを警戒しているのではという。

円佳は駐車場の奥の乗用車の横に立つと、左右と後ろに首をまわしてから、車のドアを開けた。車はグレーの「ゴスペル」だ。彼女はハンドルに手を掛けているようだが、車を動かさなかった。考え事でもしているのか、それとも目を瞑《つむ》っているのか。
六、七分経った。ゴスペルのライトが点き、動き出した。道原たちの車はいったん二〇メートルばかりバックして、駐車場を出て右折した円佳の車を尾行した。
女鳥羽川を渡り、旧開智学校を越えて左折したところで停止した。電話を耳にあてているようだ。三分間ばかり道路の左端に寄っていたが、走り出すと、約一年前にオープンした「松本クラシカホテル」の前でスピードを落として、ホテルの地下へもぐり込んだ。地下駐車場へ車を入れるらしい。

道原は、シマコをホテル一階のロビーへ走らせた。
五、六分経ってシマコから電話があった。円佳は一階フロントへもロビーへも現れていないという。彼女はどうやら、エレベーターでいずれかの客室へ入ったようだ。

道原と吉村は顔を見合わせた。どうするかを目顔で話した。

「彼女が出てくるまで張り込みましょう」

そういった吉村の顔に道原はうなずいた。

シマコが車へもどってきた。彼女は機嫌を損ねたような顔をして、なにもいわずに後部座席に乗った。

円佳は、ホテルのどこかの部屋で、だれかと会っているにちがいない。

「腹がへったな」

道原がいうと、近くにコンビニがあるとシマコはいって、車を降りると後方へ走っていった。

彼女は、にぎり飯とボトルのお茶と菓子の柿の種を買ってきた。

三人が車内で食事をはじめたところへ、ホテルの警備員が近づいてきた。吉村が身分証を見せ、「張り込みだ」といった。警備員は敬礼して去っていった。

円佳の車がホテルの地下から出てきたのは、午後十時五十分。彼女は二時間あまりホテルのいずれかの客室でだれかと会っていた。彼女が会っていた人は宿泊者だったかもしれない。彼女は松本和田《わだ》線を走って、里山辺の相沢荘へ帰った。

倉木円佳は、中古の乗用車・ゴスペルをどこで買ったかを調べることにした。松本市内には中古車販売会社は何社もある。市内の全社に問い合わせた結果、薄川に近い「サンライフ社」がゴスペルを取り扱っていることが分かったので、最近、倉木円佳、あるいは倉木まどかに車両を売ったかを問い合わせた。すると最近の七日間にゴスペルは二台売れたが、「買ったお客さまは、倉木という方ではありません」という答えが返ってきた、と吉村はいって、塩尻《しおじり》市や岡谷《おかや》市の販売会社にも問い合わせをしていた。

「サンライフ社からゴスペルを買った二人の名と住所をきいてくれ」

道原は吉村にいった。その二人の名前と住所はすぐに分かった。松本市内鎌田《かまだ》の小《こ》芝喜一《しばきいち》と、同じく市内新村《にいむら》の池尻正照《いけじりまさてる》。小芝は高等学校教師、池尻は建設資材販売会社の社長。その二人に道原が、円佳が乗っている乗用車の写真を見せ、「車を使っていますか」ときいた。

小芝は、刑事がなぜそんなことをきくのかという顔をして、

「ほとんど毎日、乗っています。車を買った理由は、自宅を移転させて、公共交通機関を使うのが不便になったからです」

といい、買った中古車になにか問題でもあるのかと、不安気な表情もした。

「いや、お使いになっていらっしゃるのでしたらそれで……。どなたかに貸していらっしゃるのではないかと思ったものですから」

と答えた。

次に、宝《たから》建設資材という会社社長の池尻正照を会社へ訪ねた。白い壁の倉庫の二階が事務室だった。池尻は五十歳ぐらいでわりに長身で、床屋から出てきたばかりのような頭をしていた。その彼にも、中古のゴスペルのことをきくと、

「知人に貸しています」

と答えた。

「知人とおっしゃるのは、どなたのことですか」

「なにをお調べになっているのか知りませんが、だれに貸しているかなどは、お答えできません。個人の秘密です」

「秘密にしているでしょうが、私たちには答えてください。重大事件にかかわる捜査ですので」

道原は突っ込んだが、池尻は首を横に振った。

「では、こちらからいいましょう。車を貸しているか、あるいはプレゼントした先は、倉木円佳さんでしょ」

道原がいうと、池尻は一瞬、顔を曇らせた。そして彼は少しのあいだ黙っていたが、倉木円佳が、なにか事件にかかわっているのか、ときいた。

「倉木さんには、いくつか不審な点があるので、目下調べているところです。倉木さんが、車が欲しいとでもいったのですか」

「いや、あれば便利だろうと思ったからです」

「車をプレゼントされた。親しい間柄のようですが、お付合いは、いつからですか」

「そんなことは……」

池尻は顔を伏せた。

「倉木さんが勤めていた夫婦の家は、放火された。それはご存じでしょうね」

「ええ」

「その火災について、倉木さんはどういっていますか」

「どうって……。ショックを受けたし、夫婦のことを気の毒だといっていました」

「池尻さんは、倉木さんの身の上のことを、よくご存じでしょうか」

「身の上のことは……」

「たとえば、どこの出身で、どういう事情があって松本に住むことにしたのかなど」

「詳しいことは知りません。知る必要もないので」

「知る必要もない人に、車をプレゼントした」

「プレゼントではない。貸しているんです」

道原は、同じことではないか、といった。

池尻は険しい表情の顔を横にした。こういうときに電話でも掛かってこないかと思っているにちがいない。

「倉木さんとは、親しい間柄でしょうから、出身地がどこかぐらいは、おききになっているでしょう」

「新潟市だときいています」

「彼女は、新潟出身ではありません」

「えっ、どこなんですか」

池尻は、道原に顔を向けた。

「本人にきいてみてください」

「新潟市だと答えるに決まっています。ほんとはどこなのかを、刑事さんはご存じなんでしょうね」

「知っています。……知りたいですか」

「さしつかえなかったら、教えてください」

「静岡市です」

道原は、円佳の本名が「まどか」で、家族がどこに住んでいるのかをつかんでいるが、詳しくは話さなかった。

「池尻さんは倉木円佳さんと、どこでどういうきっかけでお知り合いというか、親しい間柄になったのですか」

池尻は戸惑うような表情をしてから、食事をするところで知り合ったと、曖昧《あいまい》な答えかたをした。


道原と吉村は、池尻の会社を出ると、上条夫婦が入居している惣社のマンションの近くから妻の悦子に電話した。折入って話したいことがあるのだが、円佳は部屋にいるのかときいた。

「円佳さんは、買い物に出掛けておりますが、なにか……」

道原は、円佳のいないところで話をしたいといった。すると悦子は、近くのカフェの名を口にして、そこでどうかといった。吉村はその店を知っているといった。

「ピコット」というそのカフェはわりに広かった。壁に架かっている花の絵を見ていると、淡いブルーのシャツを着た悦子がやってきた。

道原と吉村はコーヒーをオーダーしたが悦子は紅茶を頼んだ。

「円佳さんは、出身地を新潟市だといっているようですが、それは嘘です」

きょうの道原はそれをはっきりいった。

「相沢の奥さんも、円佳さんの言葉をきいて、新潟出身ではないといっていました。刑事さんは……」

彼女は、道原の目の奥をのぞくような顔をした。

「静岡市です。彼女には身元を知られたくない事情でもあるのでしょう。それから……」

道原は、白いカップから立ちのぼる湯気を見ながら、

「円佳さんの車は中古の乗用車ですが、親しい間柄の人からプレゼントされたようです」

といった。

「車をプレゼント……」

彼女は、細い皺《しわ》に囲まれた目を上に向け、親しい間柄の人とは男性かときいた。道原はうなずいて、円佳は、夜間、仕事をしているようだが、気付いているかをきいた。

「いいえ。夜の仕事というと、裏町あたりの店にでも、勤めているのですか」

「いいえ。夜間に車を運転してホテルへ入りました」

悦子は、胸で手を合わせると、壁の絵をぼんやりと見るような目をした。円佳の顔や仕事振りでも思い浮かべているようだったが、

「円佳さんは、なにか悩みごとでも抱えているのかもしれませんので、話をきいてあげようと思います。わたしのきくことに、応えてくれるかどうかは分かりませんけど」

といってから、「出身地を隠しているわけは、家族になにか複雑な事情でもあるのかもしれませんね」

といって、紅茶を一口飲んだ。

彼女は穏やかだ。人にやわらかく当たる人柄だ。円佳に対して、母親のように接するのではなかろうか。

道原は、悦子の表情を観察するように見ていたが、静岡市清水へいくことを思い付いた。円佳の家族に会いたい。彼女がなぜ方向ちがいの新潟出身だといっているのかが分かりそうだ。もしかしたら円佳は、清水が好きでないのかもしれない。

3

道原と吉村は車で清水へいった。円佳の実家は清水次郎長の墓と銅像のある梅蔭禅寺の後ろ側にあった。「倉木」という表札のある二階屋は古そうだった。

玄関のインターホンを鳴らすと、男の太い声が応えてドアが開いた。無精髭の濃い肩幅の広い男が、ドアをいっぱいに開けた。円佳の父親の修一だった。道原が玄関へ一歩近寄って名乗った。

「松本の警察の方……」

五十歳見当の修一は眉間に皺を寄せた。

道原が、「まどかさんのことをききたい」というと、修一は首をかしげてから、

「きょうは臨時の休みなので、家でゴロゴロしていました」

といって、二人の刑事を座敷へ通した。

「女房は勤めに出ているので」

と、独り言をいいながら、ポットの湯を急須に注いだ。

「松本から刑事さんがわざわざおいでになったということは、まどかに、なにか問題

があったんですね」

修一はテーブルをはさんで、あぐらをかいた。

「問題というか、まどかさんの日常に、少しばかり気になる点があるものですから」

道原は修一の顔を直視した。

「まどかは松本で、いい仕事が見つからないので、お年寄り夫婦の家事手伝いをしているといっていましたが……」

修一は、湯呑みを鷲摑《わしづか》みしていった。

「そのとおりですが、まどかさんを雇ってから、老夫婦の家は、真っ昼間に放火されました。その事件とまどかさんが関係あるのかは分かっておりません。ですが彼女は、出身地を清水だといわず、新潟だといっています。なぜ出身地を隠しているのか、それを知りたいのです」

「生まれは新潟なのかもしれない」

修一は上のほうを向いてつぶやいた。

「どういうことですか」

道原はポケットからノートを取り出し、ペンをにぎった。

「じつはあの子は、私たちの実の子ではありません」

「養子にもらって、育てたということですか」

「拾ったんです」

「拾った……」

道原と吉村は、顔を見合わせた。

「二十年あまり前の秋のことです。三保の日本軽金属の工場へトラックで荷物を運んだあと軽い食事を出してくれたので、それを食べて会社へ帰ることにしたんですが、星がきれいだったので車を降りて、夜空を仰ぎながら一服喫《す》っていました。すると暗がりから、『おじさん』と、子どもの声に呼ばれました。後ろを向くと暗がりに女の子が立っていた。その子の近くにはだれもいなかった。その子はまた、『おじさん』といって近づいてきた。お父さんかお母さんはって私がきくと、その子は首を横に振りました。私は子どもの顔を見て、捨てられたのだと判断しました。私はその子の手をにぎって、そこにしばらく立っていましたけど、だれも近寄ってこなかった。子どもは後ろを指差して、お母さんがいなくなったといいました。……私はその女の子をトラックに乗せて会社へもどって、同僚に見せました。同僚は、警察へ届けろといいましたけど、私はその子を自分の車に乗せて、当時住んでいた新富町の家へ帰りました。私たち夫婦は結婚して三年あまり経っていましたけど、子どもができませんでした。妻の浜子は、私が連れてきた女の子を見て、『まあ、可愛い』といって、両手でその子の頰をはさみました。そして、おにぎりをつくって食べさせました。名前をきくと、『まどか』と答えました」

「次の日に、警察に知らせたんですね」

道原がきいた。

「電話しました。するとすぐに女性警官が二人きました。家内も私も、その日は勤めを休みました。……警察は女の子を施設へあずけるといいましたけど、家内が、子どもはここに置いて、親が迎えにくるのを待つと警官に告げました。警官は、『情がうつる』と、きつい顔をしましたが、家内はまどかを膝にのせて、警官を追い払うような手つきをしました」

その後、幾日経ってもまどかの親があらわれたという連絡はなかった。浜子は市役所へ赴いて、まどかを養子にする手続きをすませた。正確な生年月日は不明だったが、体格や言葉遣いから四歳と推定した。

浜子は、毎日、まどかを連れて勤務先である三保の松風ホテルに通勤していた。何日経っても、まどかの親に関する情報は入らなかった。

まどかは、咳《せき》もしないし鼻水も垂らさない丈夫な子に育って、近くの入江小学校の生徒になった。クラスのなかで身長は高いほうだが、細身だった。

クラスの中に津島栄次《つしまえいじ》という男の子がいた。色白で体格がよく、目鼻立ちがととのっていた。その子の家は近所だった。まどかはいつの間にか津島栄次と仲よしになり、一緒に登校し、一緒に帰ってきた。下校したまどかはランドセルを机の上に置くと、すぐに津島家へ遊びにいった。栄次から将棋の手ほどきを受けた。来る日も来る日も、ランドセルを机に置くと、津島家へ駆けつけ、栄次と将棋を指した。栄次は何番指しても勝つので、まどかの相手に飽きて、外で男の子たちと相撲を取っていた。

津島家は、芸者置き屋であった。栄次の母は「おかあさん」と呼ばれていた。父親はいなかった。倉木も浜子も、栄次の父親が家にいない事情を知っていた。賭博《とばく》の罪で服役中だったのだ。

津島家には若い女性が四、五人住み込んでいた。芸者である。夕方になると女性たちは浴衣姿で縁側へ鏡台を置く。その前にすわって化粧をはじめるのである。乳房をまる出しにして化粧している人もいた。まどかは、真剣な表情で鏡に向かっている女性たちを背後から眺めていた。

彼女は女性たちに可愛がられた。まどかのほうは女性たちを、「おねえさん」と呼んでいて、彼女たちから菓子などをたびたびもらっていた。日曜に、まどかを映画を観に連れていった人もいたし、レストランやカフェへ一緒に入ったこともあり、マスコット的な存在になっていた。人形や絵本をもらってくることもあったが、浜子はまどかが津島家へいくのを嫌っていた。「あの家へはいかないで」と、何度もいったが、彼女はいうことをきかなかった。

夕方になると「おねえさん」たちは料亭などへ招ばれていく。「おねえさん」が一人もいなくなるとまどかは帰宅して、浜子の帰宅を待っていた。

子どもは授からないものと諦《あきら》めていた浜子だったが、身籠《みごも》った。彼女はまどかを膝にのせて、「あんたはお姉さんになるのよ」といいきかせていた。

まどかが七歳のとき浜子は女の子を産み、まなみと名付けた。

まなみが生まれると、まどかは津島家へめったにいかなくなった。下校すると、赤ん坊のまなみをじっと見つめたり、あやしたりしていた。

浜子は一年あまり勤めを休んでいたが、まなみを抱いて出勤するようになった。

まどかは、中学でも高校でも成績が良かった。高校三年生のとき、父親の修一が、「大学へ進んでもいいんだぞ」といった。だがまどかは、大学へは進みたくないといい、高校を卒業したら就職するといった。

彼女が高校を卒業する直前、倉木家は新富町から清水次郎長の生家や墓のある近くに家を借りて移転した。その移転の手伝いに津島栄次がやってきた。彼はまどかに好意を抱いているように見えたが、告白はしなかったようだ。

「松本にいるまどかは、新潟の出身だといっているそうですが、それはまったくの嘘ではないかもしれません」

倉木修一は、すわり直していった。

「嘘ではないかもしれない……」

道原はつぶやいた。

「まどかは、だれかからか、どこかで、母の出身地は新潟だとでもきいたんじゃないでしょうか」

「そうか。考えられないことではありませんね」

吉村は小さい声でいって、ノートにメモした。

三保で置き去りにされたまどかだったが、だれかから監視されていたのかもしれない。だれかは、トラックに乗せられて清水の倉木という家へいき、その家の子になった彼女の成長のようすをのぞいていて、あるとき、「あなたのお母さんが生まれたところは、新潟市」とでも告げられたのではなかろうか。

「まどかさんは、育ての親のあなたか、浜子さんに、出生の経緯をきかれたことがありましたか」

一口お茶を飲んだ倉木の顔に道原がきいた。

「まどかからきかれたことはありませんが、私と浜子は中学生だったまどかに、三保で置き去りにされていた子だと、話したことがありました。戸籍簿に養子となっているのを、いつかは知るだろうと思ったからです」

「それをきいたまどかさんは、ショックを受けたようでしたか」

「近所の人から、もらわれてきた子だときいていたといっていましたし、いつかは私たちにきいてみようと思っていたといいました」

「まどかさんは、新潟出身の人と交流していたことがありましたか」

「さあ。私も浜子も、それは知りませんが、新潟生まれの女性を一人だけ知っていました」

「それは、どういう人ですか」

「巴川の近くに千歳町《ちとせちょう》というところがあります。その川岸に白木の門構えの立派な構えの家があって、若くてきれいな女性が一人住んでいました。その人は、何代目かの次郎長を名乗っていた人の愛人で、夕梨《ゆり》さんという名でした。その家へは週に一度、数人が集まっていました。清水の旦那衆です。その人たちは、酒をちびりちびり飲《や》りながら花札賭博をするんです。勿論《もちろん》、内緒事です。……私がそれを知ったのは、妹が週に一度だけ、その家へ家事手伝いに通っていたからです。……何代目かは知りませんが、次郎長を名乗っていた人は亡くなりました。次郎長が亡くなると、夕梨さんはその家からいなくなりました。妹からきいたことですが、夕梨さんは新潟から清水へきて、製紙工場へ勤めていたことがあったそうです」

道原は、夕梨という女性の姓をきいたが、倉木は知らないといった。

「妹さんはご存じでは」

倉木はうなずくと妹に電話した。夕梨のフルネームを尋ねたのだったが、「知らない」といわれた。

何代目かの次郎長を名乗っていた男の本名は、日高祥平《ひだかしょうへい》だと分かった。

道原と吉村は次の日、巴川の河岸の一画を占めている大川紙業という製紙会社を訪ねた。人事課で、「夕梨という女性のフルネームを知りたい」と捜査協力を依頼した。倉木の記憶では、次郎長を名乗っていた日高祥平が死亡したのは、十年ほど前ということだった。したがって夕梨が千歳町の家に住んでいたのは、十年ほど前までの数年間だろうと思われた。人事課員は古い社員名簿を繰っていたが、夕梨という名の社員は見あたらなかった。そこで、新潟県出身者をさらってもらった。

製紙会社は毎年、新潟市から中学と高校の卒業生を何人か採用している。そのなかに夕梨が入っていそうだった。そこで、十年以上前に入社して、現在も勤めている新潟市出身の社員を何人か集めてもらうことにした。

終業後、八人の男女が集まった。全員が新潟市の出身者だ。親元をはなれてきた人たちである。その人たちに、夕梨と名乗っていた女性に心あたりを尋ねた。

八人は額を寄せて話し合っていた。そのうち最年長と思われる女性社員が、

「寺村《てらむら》という人ではないでしょうか」

といった。人事課員に、寺村姓の人がいるかをきくと、「寺村裕子《ゆうこ》」という人が勤務していたことが分かった。

新潟市出身の寺村裕子は、中学を卒業して採用され、約十年間勤務した。会社の寮に入っていたが、退職の直前に寮を出て、入船町《いりふねちょう》のアパートへ移っていた。

道原と吉村は、寺村裕子が会社の寮を出たあと住んでいた美松《みまつ》荘というアパートの所在地をメモした。

4

美松荘の家主の主婦は寺村裕子をよく記憶していた。

「寺村さんが入居したのは、たしか二十四か二十五のときでした。お腹が目立つのを気にして、会社の寮を出たし、アパートへ移ってから間もなく会社を辞めたようでした」

「お腹が……」

道原は白髪の主婦の顔に注目した。

「妊娠していたんです」

「子どもを産んだのですね」

「はい。アパートに入ってから、お腹が大きくなって、苦しそうな格好をして歩いていました」

「医者に診せていたようでしたか」

「わたしに相談にきたんです。出産の経験がなかったので」

主婦は、歩いて十数分の病院へ裕子を連れていった。その後は毎月、診察を受けていた。陣痛がはじまったのは、雪が舞いそうな寒い日だった。主婦の夫が、裕子を車に乗せて病院へ駆けつけた。女の子が生まれたのは夜中だった。「元気な赤ちゃんですよ」と看護師がいうと、裕子は微笑みながら涙を溜めた。子どもの父親は病院へ現れなかった。主婦は、アパートへ男性が訪れるのを見たことがなかったので、どこのどういう人なのかを裕子にきいた。すると彼女は、「静岡に住んでいる会社員」としかいわなかった。「その人に知らせなくていいの」と主婦はいった。裕子は、「あとで知らせます」と、小さな声で答えた。

裕子は赤子を抱いて退院した。その後、主婦はアパートの裕子の部屋を注意して見ていたが、男性の姿を見掛けたことはなかった。

裕子は赤子に「まどか」という名を付けたことを主婦に伝えた。「役所に届けたでしょうね」というと、「届けました」と答えた。

まどかが二歳ぐらいになったとき、裕子は、「新潟へもどります」と告げにきた。新潟市の実家に両親と弟がいる、と彼女は語っていたが、家族が裕子の生活《くらし》を見にきたことはなかったようだった。

裕子が新潟市へもどるといって美松荘を出ていって、一年ほど経ったころ、静岡中央警察署と清水署の刑事が、寺村裕子がアパートに住んでいた期間のようすなどを詳しくきに訪れた。その後、何日か経ってからも刑事が訪れて、彼女の部屋を訪ねていた男を見たことがあったかなどときかれた。

なぜ裕子の生活ぶりなどをきくのかと、逆に質問すると、日本平の山林で静岡の男が殺された事件の捜査だと刑事は答えた。刃物で殺された男は以前、寺村裕子と交際していたことが分かったからだと、鋭い目付をした刑事はいった。殺された男の写真を見せて、見覚えはないかともきいた。それは二十二、三年前のことだった――。


道原と吉村は、二十二、三年前にも日本平で殺人事件があったことを知ったので、清水署を訪ねて大下係長に会った。

「その事件の発生は、私が警察学校にいるときでした」

大下はそういって、資料室から捜査報告書類を持ち出してきた。

二十三年前の八月二日、日本平の富士見が丘配水池の整備をしていた作業員が、異臭を感じる、と警察へ通報した。署員は作業員たちと一緒に池の周囲の雑木林へ踏み込んで、異臭の原因をさがした。その結果、太い竹のまざった雑木林内で男性の遺体を発見した。遺体のシャツのポケットに入っていたのはタバコとライターだけで、身元は不明だった。シャツの胸と腰は血に染まっていた。一目で殺害されたことが明《めい》瞭だった。遺体発見が新聞に載ると、何日か前から行方不明になっていた男性ではないかという通報があって、その男性の関係者が遺体と対面した。その結果、静岡浅《せん》間《げん》神社のすぐ近くが住所の湯山年嗣《ゆやまとしつぐ》・三十三歳と判明した。

湯山は塗装業者で、建物の塗り替えなどを請負っていた。若い従業員が二人いて、五、六日前から住所へも作業所へも帰ってこない湯山の行方をさがしていたのだった。

湯山には三十五歳の妻と七歳の息子がいた。静岡市内の中学を出て、塗装会社に勤めていたが、十年ばかり前に独立して、静岡市内と周辺の企業の建物の塗装を請けていた。よく働く男だが酒好きで、週に一度は青葉通り辺りの店で飲んで歩けなくなるほど酔い、交通事故に巻き込まれたこともあった。

湯山には好きな女性がいたことが従業員に知られていた。その女性は静岡の青葉通りのスナックで働いている裕子という名のきれいな二十代後半。従業員の話では、湯山は裕子のいる店で飲むことが多かったという。

それをきいた当時の捜査員は、裕子の身辺を嗅《か》いだ。彼女は静岡の梅屋町《うめやちょう》のアパートに住んで、二歳ぐらいの女の子を抱えていた。勤めている店へ出るときは、子どもを近所の家へあずけていた。捜査員は彼女が抱えている女の子の父親は、どこのだれなのかをきいた。だが彼女は、その質問には答えなかった。

湯山が帰宅しなかった日の裕子のアリバイを彼女にきいた。彼女は、「カゼをひいて熱があったので、アパートの部屋で寝ていた」と答えた。その日、彼女は勤め先を休んだ。店のママに電話で体調不良を伝えていた。彼女は勤めを一日休んだだけだった。捜査員は、一日休んだだけで出勤した裕子のようすをママにきいたが、いつもと変わった様子はなかったといわれた。

湯山が殺害されて一年ほどが経ったある日から、裕子の娘のまどかがいなくなった。いつもまどかをあずかっていた近所の主婦は、まどかはどうしたのかを裕子にきいた。すると彼女は、「新潟の母に育ててもらうことにした」と答えた。主婦はその言葉を信じなかったが、「ほんとうにそうなのか」と、追及はしなかった。新潟の実家へあずけるなら、それを主婦に告げるのが礼儀だろうと思ったが、裕子の横顔をにらんだだけにした。

湯山年嗣が殺害されてから、ほぼ二十三年が経過した。湯山と、寺村裕子の周辺にいた人びとも、日本平での殺人事件を忘れたし、裕子のもとから娘のまどかの姿が消えたことを話題にする人もいなくなった。

「寺村裕子は、現在、どこでどうしているのでしょうか」

道原は、清水署で大下係長にきいた。

「現在は静岡市葵《あおい》区になっている青葉通りで、スナックをやっています。静岡中央署にはいまも、寺村裕子の尻尾をつかみたいといっている刑事がいます」

道原は、湯山年嗣が殺害されていた現場と、味川星之助が殺されていた現場を見たくなった。

「案内します」

大下は若い刑事を手招きした。

車は市街地を抜けると雑木林にはさまれた白い道路へ入った。坂道だ。大きく輪を描くように白い道路は緩やかに登っていた。

配水池の脇を細い川が流れ、その東側は広びろとした運動公園で、樹木が密生している森林に囲まれていた。道路と林の境には柵があるが、丸太の柱はあちこちで傾いていた。白い花をつけている一本の木に変色した布が結ばれている。大下はその木を指差し、林へ三メートルばかり入ったところに湯山年嗣は血を流して倒れていた、といった。落ち葉の上に靴跡があって、それはスニーカーのものと分かったが、サイズを正確につかむことはできなかったという。湯山は腹部をナイフで刺されると、林のなかへ這っていったもようだった。敵から逃げようとしたのか、方向感覚を失っていたのかも不明だと大下はいった。

次に車を回転させて日本平パークセンターに着いた。ロープウェイの終点で、「日本平夢テラス」と名付けられている。「赤い靴母子像」が据えられ、巨大な電波塔を展望回廊が囲んでいた。

味川星之助が殺されていた現場は、日本平の美ノ山ホテルから二五〇メートルほど下った山林内。道原と吉村は、味川が倒れていたという地点をのぞいたが、樹木が密生している地面には、雨に打たれて朽ちた落ち葉が重なっているだけだった。

湯山も味川も、日本平で不慮の死を遂げている。そこが国内屈指の観光地だからではないか。富士山を真正面から眺められる高台だからだろう。富士山を眺めたいといえば、「おれもたまには富士と対面したい」といいそうな場所だからではないか。

四人の刑事は電波塔を囲んでいる木製のテラスに昇って、ぐるりと一周した。濃い緑の森林と由比《ゆい》の浜を越えた先の雲の上に、三角形の富士山が裾を左右に広げていた。富士山の前で波うっている山なみは、淡いブルーで、その上を白い雲が横に泳いでいた。道原は、夢のなかにいるような気がして、幾度も目をこすった。

何時間同じ方向にからだを向けていても、見飽きることはなさそうだったが、大下に誘われて、久能山東照宮《くのうざんとうしょうぐう》へ下った。楼門への石段には、参拝の人が列をなしていた。博物館へ入った。徳川家歴代の甲冑《かっちゅう》や刀剣に目を近づけた。

高台の木々のあいだからは、石垣いちごの白いハウスを見下ろし、駿河湾に玩具のように浮いている船を眺めた。大下は、「日本平から見下ろす夜景は、銀河のようだ」といった。

5

静岡へ下ると、静岡浅間神社に参拝した。「駿河国総社《するがのくにそうじゃ》　神部《かんべ》神社」と墨書きされた札があって、門から社殿までは赤く塗られていた。

「静岡浅間神社の七社参り」という札が出ているので、それを読んだ。「七社全てをお参りすると万願叶う」という。

「全社をお参りして、捜査に役立てましょう」

吉村が笑いながらそういった。

神部神社＝神部大神《かんべのおおかみ》大国主《おおくにぬし》命で、宝授《たからさず》ける福《ふく》の神《かみ》
浅間《あさま》神社＝浅間大神《あさまのおおかみ》妹背《いもせ》の契り、良縁安産《りょうえんあんざん》子授《こさず》けの神

大歳御祖神社《おおとしみおや》＝大歳御祖命《みおや》は稲荷《いなり》の親《おや》で、殖産興業守る神
少彦名神社《すくなひこな》＝少彦名命《すくなひこな》は医薬の神で、技芸上達知恵の神
麓山神社《はやま》＝麓山木《き》の神恵《かみめぐ》みの神で、人のしあわせ招く神
八千戈神社《やちほこ》＝八千戈命《やちほこ》さまは荒御霊神《あらみたまがみ》、人の運勢開く神
玉鉾神社《たまぼこ》＝玉鉾さまは学問の神、試験合格祈る神

吉村は、「どうかご利益がありますように」といって手を合わせた。

四人は大鳥居をくぐった。青葉通りで大下は、車の運転を受け持っていた若い刑事を帰署させた。知り合いがやっている店があるといって、小さなおでん屋がずらりと並んでいる路地を抜けた。道原は、五、六人しか入れないようなおでん屋へ入ってみたかったが、見向きもしない大下の背中を追った。

大下の知り合いはきれいなすし屋だった。主人と二人の従業員は、豆絞りのねじり鉢巻きで、「いらっしゃい」と大きい声で出迎えた。厚板のカウンターは、檜《ひのき》の香りを放っていそうだ。

マグロもエビもアワビも旨かったが、久しぶりに口にした駿河湾のイワシは絶品だった。

すしで腹を満たすと、以前、寺村裕子が働いていた「うみどり」というスナックへ入った。

「まあ、めずらしい」

といったのは五十代後半に見えるママだった。ママの左右に白とピンクのドレスを着た二十代のホステスがいた。ボックス席には客が二人いて、グリーンのドレスのホステスと笑いながら話をしていた。

大下と道原と吉村は、ウイスキーと同じような色のカウンターに肘《ひじ》を突いた。

大下が、「寺村裕子は静岡へもどって商売をしているらしいね」と、礼子《れいこ》という名のママにいった。

「やっぱり、地獄耳ね」

ママは薄笑いを浮かべてから、眉を吊り上げた。

裕子がこの店で働きはじめたのは二十八歳ぐらいのときで、二歳の女の子を抱えていた。女の子は、まどかである。裕子は近所の年配の夫婦にまどかをあずけて店へ出ていた。器量よしで、もの静かな彼女を好む客が何人もいた。そのなかに自称貿易商の桜町典正《さくらまちのりまさ》がいた。四十歳見当で、長身の美男子だった。桜町は、裕子を好きになり、ほぼ毎週飲みにくるようになった。ほかのホステスたちは、桜町と裕子は特別な関係と陰口をたたいていた。

裕子がうみどりに入って二年ぐらい経ったある日、店を辞めたいとママにいった。べつの店に移るのかとママがきくと、桜町が経営している横浜の会社に勤めることにしたといった。ママも裕子が桜町と深い関係になっているのを見抜いていた。

「子どもをどうするの」

ママがきいた。裕子は、「あずかってくれる人がいる」と答えた。まどかは四歳になっているはずだった。

「どこへいっても、たまには電話をして」

ママはそういって、裕子の背中を見送った。

半年ぐらいが経ったある日、裕子からママに電話があった。横浜市の中華街の近くに、桜町がバーを出してくれたので、女のコを三人使って営業している。たまに外国人も飲みにきてくれて、繁昌しているといった。

その後裕子は、半年に一度ぐらいうみどりのママに電話をよこしていた。そのたびに彼女は、桜町が、富山へ「風の盆」を見に連れていってくれたとか、何日か前には沖縄へ観光にいってきたと話した。

裕子が横浜へいってから七年が経った。彼女は三十六、七歳になっていた。冷たい雨が降っている三月半ばの午後、うみどりのママ・礼子の家に予告なく裕子がやってきた。肩を濡《ぬ》らし、髪は乱れていた。表情を一目見て尋常でないことを知った礼子は座敷へ招いた。蒼《あお》い顔をした裕子は手になにも持っていなかった。四十にはまだ間があるのにずっと老けて見えた。

なにがあったのかをきくと、

「事件に遭ったので、逃げてきたの」

と、紫色の唇を小さく動かした。

「事件……」

礼子は胸を押さえた。

「あんたが事件に関係したの」

「わたしは無関係だけど、桜町がやってた商売がバレて、それを知った相手が怒って……」

「商売って、危ないこと」

「麻薬を扱っていたの。わたしは知らなかった」

「ヤクザがからんでたのね」

「そう。麻薬を扱っていたのを、桜町がバラしたといって、ヤクザが拳銃で」

「桜町さん、撃たれたの」

「弾《たま》は当たらなかったようだけど、わたしは音をきいて、怖くなったので、家を飛び出て……」

裕子は銃声を思い出してか、両手で耳をふさいだ。もう横浜へはもどらないといった。

ママは、裕子のためにアパートの部屋を借りて、身のまわりの物をととのえることを考えた。以前の裕子は低い声で話をするもの静かな女だったが、横浜へいってからは目つきが変わったようだった。逃げてきた彼女は、「横浜」ときいただけで身震いするといったので、桜町に資金を出してもらった店の経営も、順調とはいえない状態に変わっていたのではと、礼子は想像した。

礼子は、人にあずけたというまどかのことを裕子にきいた。横浜に住んでいるあいだも何度か会ったのか、ときいたのである。すると裕子は、

「まどかは重い病気にかかって、亡くなった」

と目を逸らして答えた。

礼子は裕子を自宅に四、五日置いて様子をうかがっていた。これからどうしたいのかをきくと、以前のように静岡で働きたいといった。

礼子は裕子をうみどりでは使わないことにして、離れた場所に空き店舗を借り、スナックをやらせることにした。

「横浜にいたことは口にしないで」

といいつけ、うみどりよりひとまわり小さなスナックを始めさせた。

昼間は会社勤めをしている若い女性を二人雇って開店した。店の名は「ピットイン」。

裕子は水商売に向いていた。開店後三か月も経つと、満席になる日が続くようになった。裕子の表情は晴れやかになり、客と一緒に歌をうたった。礼子は、桜町が裕子をさがしにやってくるのを警戒した。裕子には、「もし桜町さんが現れても、絶対に縒《より》をもどすな」と、固くいいつけた。

大下は礼子に、裕子がママをやっているピットインの所在地をきいた。

「そこへいらっしゃるつもりですか」

礼子はきいたが、大下はとぼけるような顔をして、答えなかった。

三人とも今夜は少し酒が入っているので、裕子がやっている店の場所と住所をきいただけにした。

道原と吉村は、静岡駅に隣接しているホテルに泊まった。窓のカーテンを開けると、市街地の灯りが飛び込んできた。道原は、水のグラスを手にして、赤、黄、青の光の瞬きをしばらく眺めた。その光のなかの一点に、寺村裕子が存在している。彼女の幻は、黒い衣をまとって道原の前を横切った。あすは彼女に会うつもりだ。彼女にきくことは山のようにある。彼女は実の子のまどかを、死んだことにしているらしい。腹を痛めた子なのに、会ってみたいとは思わないのか。

第五章　冬のきざし

1

ホテルの朝食はバイキングだったが、道原はパン二切れとハムとスープにした。吉村は和食だ。焼き魚でご飯を二杯食べた。

「朝から食欲があるんだな」

「私は、朝飯がいちばん旨いんです。学生のときから大食いだといわれていました」

空いた皿を見ると、梅干しの種が三つか四つ転がっていた。

水商売の女性は朝が遅いだろうといいながら、コーヒーをゆっくり飲んで、ロビーで新聞を読んだ。交通事故の記事が載っていた。登校途中の小学生の列に車が突っ込んで、生徒三人が怪我をしたと出ていた。

「私も小学生のとき、交通事故に遭いました」

「怪我をしたのか」

「左の向《む》こう脛《ずね》が、ぱかっと」

吉村は両手で物を割るしぐさをした。

「治ったんだな」

「いまも傷跡はありますけど」

道原は傷跡を見せろといった。

吉村は、ズボンの裾《すそ》をめくり上げた。一〇センチぐらいの長さの傷跡は白く、縫い合わせた跡も残っていた。怪我をしたとき、事故を目撃した人が車で病院へ連れていき、手術を受けた。欠席したのはその当日だけで、翌日から片方の足を引きずるようにして登校した。

大学を出て、県警の試験を受けたさい、面接官に、小学生のとき足に怪我をしたことを話した。面接官は怪我の跡を見たが、なにもいわなかったという。

「不自由に思ったことはないんだね」

「傷は十日間ばかり痛んでいましたけど、体育の時間も休みませんでした」

道原は、濃い眉をした吉村の顔をちらりと見て、新聞に目を移した。

清水署の大下係長が、若い署員とともにホテルへやってきたので、ラウンジでコーヒーを飲み直した。

寺村裕子が住んでいるアパートからは、堀に囲まれている広大な駿府城公園の一画が見えた。そのアパートは白い壁に緑色の柱のモダンな造りで、新しそうに見えた。彼女の部屋は二階の東から二番目だったが表札は出ていなかった。

インターホンを押してから二分間ぐらい応答がなかった。ドアミラーから外をのぞいていたにちがいない。インターホンには応えなかったが、ドアが少し開いて、「どなたですか」と、低い声がきいた。

道原と大下は身分証を見せ、

「寺村裕子さんですね」

と、確認した。

彼女は返事をすると、ドアチェーンをはずした。せまい廊下の突きあたりの窓には陽があたっていた。

裕子の身長は一六〇センチぐらいだった。色白だ。薄化粧の跡が見えたが、目鼻のかたちのととのったおとなしげな顔立ちだった。手入れを怠っていないからか、顔には皺《しわ》がなかった。

話をききたい、と大下がいうと、彼女はうなずき、訪ねてくる人がいないので、スリッパの用意がないのだといい訳をいった。

三人の刑事は窓に薄陽があたっているリビングに通された。訪ねてくる人がいない、といったが、楕円形《だえん》のテーブルを椅子が四つ囲んでいた。

裕子はお茶を淹《い》れるといったが、大下が、椅子にすわってくださいといった。

彼女は、血の気が退いたような顔色をして椅子に腰掛けた。

「古いことからうかがいます。正直に答えてください」

大下が彼女をにらみつけていった。彼女は返事をしないし首を動かしもしなかった。

「あなたは、新潟市の生まれだった。市内の中学を出ると、清水の大川紙業に就職した」

裕子は窓を向いているが、表情を変えなかった。

「約十年間勤めたが、そのあいだに塗装業の湯山年嗣という人と知り合って、親しい間柄になった」

大下は声の調子を上げたが、彼女はなんの反応も起こさない。

「あなたは、二十五歳のときに女の子を産んだ。その子の父親は湯山さんだね」

彼女はそうだとも、そうではないともいわなかった。

「産んだ子にまどかという名を付けた。出産前に大川紙業を退職して、子どもを産み、その後、静岡へ移って水商売の店で働くようになった。子どもは近所の家へあずけていた。だが子どもは四歳になったときから姿が見えなくなった。子どものことを人にきかれると、新潟の実家にあずけたといっていたし、その後のあるときは、重い病気にかかって死亡したなどと話した。なぜ死亡したことにしたのか」

「そんなことを、人にいった覚えはありません」

「しかし、まどかさんの姿はあなたの元から消えたんだ。まどかさんは、四歳だった」

裕子は胸で手をにぎると身震いしたし、一瞬だが固く目を瞑《つむ》った。

「あんたは、まどかさんを三保の松原で棄てたんだ。置き去りにされたまどかさんが、どうなるかを、あんたは物陰に隠れて見ていたんじゃないのか」

彼女は返事をしなかった。すっくと立つと、流し台のほうへいって、タオルをつかんでもどってきた。

「まどかさんは、トラックを運転している人に拾われたんだ。それがどういう人かを知っていたほうがいいだろうから、話す。……名は倉木修一。現在五十一歳で清水区に住んでいる。修一さんの奥さんは長年、三保のホテルに勤めている。倉木夫婦には娘が一人いて、現在は東京の大学へ通っている。まどかさんは倉木家の養女として届けられた。子どものころは将棋の強い女の子だったらしい」

裕子は、にぎっていたタオルを目にあてた。

道原と吉村は、裕子の表情をメモした。

「あんたは、北本《きたもと》礼子さんがやっている『うみどり』という店でホステスをしていた。その店へ客としてきていた桜町典正という男と親しくなった。湯山さんとは手を切っていなかったので、湯山さんが邪魔になった。二十三年前の八月のことだが、湯山さんは、日本平の雑木林の中で刃物によって殺されていた。あんたが殺《や》ったんだろ」

大下の声は高くなった。

「湯山さんを刺し殺したのは、あんただろ」

大下は繰り返した。裕子はタオルを胸にあてて肩を震わせた。

「あんたでなければ、あんたがだれかに頼んで始末させた。そうなのか」

裕子は首を横に振りつづけた。

大下は、ポケットからノートを取り出し、開いたページをしばらく見ていた。が、中腰になると、

「署へいってもらう。支度をしてくれ」

と、唾《つば》を飛ばすようないいかたをした。

裕子は十分ほど首を垂れて身動きしなかったが、背筋を伸ばすと立ち上がった。その顔は、覚悟ができた、といっていた。

彼女はふすまを開けた。ベッドの端が見えた。すぐに着替えをはじめた。女性の着替えを見るのは失礼にあたるが、いまは監視が必要だった。何年も前のことだが、着替えをするといって隣室に入った女性が、刃物で自殺を図った例がある。

三人は、ノートを見ている振りをして、ちらちらと隣室をうかがっていた。彼女の着替えは大胆だった。着ていた物を脱ぎ捨てて肌を見せると、簞笥《たんす》から出した物を身に着け、バッグをつかむと、部屋を出て、三人の男に向かって一礼した。

玄関を一歩出ると、締めたドアを振り返った。この部屋へはもどってこれないとでも思ったようだった。

2

清水署の取調室で、寺村裕子の正面にすわった大下は、十分あまり彼女をじっと見ていた。彼女はテーブルの中央付近に視線の先をあてて身動きしなかった。

道原たちは隣室からミラー越しに裕子を観察した。彼女は、四歳の娘を棄てた人である。四歳といったら可愛いさかりではないか。普通の親なら子どものために、身にのしかかってくる欲望を振り捨て、子どもの幸せが自分のためと心に決めて生きていくだろう。

母親に松林のなかへ置き去りにされたのを感じとったまどかは、通りかかった男に、「おじさん」といって寄り添った。男はトラック運転手の倉木修一。彼は女の子を抱き寄せた。親に置き去りにされた子だと感じ取ったので、自宅へ連れていった。そして妻に、暗がりで少女に呼ばれたことを話しただろう。妻は、棄てられた女の子の冷たい頰を両手ではさんで、温かい物を食べさせたにちがいない。

そういうことを、寺村裕子は想像したことがなかったのか。男に好かれていたいので、子どもは邪魔な存在だったのではないか。

大下はひとつ咳払《せきばら》いをすると切り出した。

「まどかさんの父親の湯山年嗣さんとの仲がつづいているところへ、桜町典正という男が割り込んできた。彼は横浜からわざわざ静岡へあんたに会いにきた。湯山さんより金持ちにも見えたんだろ。ペンキで汚れた服を着ている男より、清潔でスマートに見えたんだろう。それとも、外国船が着く港が見える横浜へいってみたくなったのか」

裕子はピンクの花模様のハンカチを固くにぎっていた。

「湯山さんを、あんたが日本平へ誘ったのか」

大下は少し首をかしげて追及した。

裕子はしばらく黙っていたが、小さくうなずいた。

「はっきり答えなさい。あんたが湯山さんを日本平へ誘ったんだね」

「はい。わたしが誘いました」

「なんといって誘ったんだ」

「日本平から、富士山を眺めたいといいました」

彼女は二十数年前を思い出してか、目を細くした。

「湯山さんは、富士見が丘配水池の近くの雑木林のなかで殺されていた。彼を刺し殺す目的で、あんたはナイフを隠し持っていったんだね」

大下がきくと、彼女はぶるっと身震いした。血の気を失ったような顔に両手をあて、

湯山を刺したのは自分でもないし、凶器を持ってはいかなかったといった。

「あんたが殺《や》ったのでないなら、だれが殺ったんだ」

「桜町さんが、人を使って……」

「桜町が、人を使って。……だれを使ったんだ」

「外国の人を」

「外国人を、どこのなんていう人を」

「知りません。桜町さんが連れてきて、その人にナイフを渡したんです」

「それはほんとうだろうね」

「ほんとうです」

「殺しを実行したのは、桜町が雇った人物だろうが、殺せといったのは、あんたなんだろう」

大下はテーブルの上で拳をにぎった。

「いいえ。わたしはそんなことを……」

「いった覚えはないが、日本平へ湯山さんを誘ったのはあんただろ」

裕子はうなずいた。彼女は日本平へ湯山を誘った。その二人を、桜町と彼が雇った外国人が尾けていった。

「腹から血を流して倒れた湯山さんを、あんたは見たのか」

裕子は両手で耳をふさいで首を横に振った。

道原と吉村は、ミラーを見ながら、裕子が答えたことと態度をメモした。彼女は首を垂れて震えていた。

「あんたは、桜町のあとについて横浜へいって、彼が資金を出した店をやっていた。三保の松原へ置き去りにしたまどかさんが、どうなったかを思ったことがあったか」

「思い出しましたし、夢に現れたこともありました」

彼女は花模様のハンカチを目にあてた。

「まどかさんは二十六歳になっている。娘盛りだ。その姿を想像したことがあるかね」

裕子はハンカチで顔を隠した。娘を棄てたことを後悔しているのか恥ずかしいのか、その表情を見せなかった。

大下に呼ばれて、道原と吉村が取調室へ入った。道原は十数分、ハンカチで顔を隠している裕子をにらんでいた。

「倉木家で育ったまどかさんは、中学でも高校でも成績がよかった。大学へ進めと両親にいわれたが、高校を出ると清水の会社に就職した。会社勤めが向かない性格なのか、二社に勤めて、退職した。そして旅行してみて好きになったといって、松本市に住むことにした。いまも松本にいる」

裕子は顔を起こした。二十六歳の女性の姿を目に映しているようでもあった。

「会ってみたいとは思わないのか」

彼女は眉間を寄せたが返事をしなかった。

「松本でまどかさんは、名前を漢字にしている。彼女なりに考えてそうしているのだろうが、身辺に災難が起こったし、就職もしてみたが、我慢が足りないようだった。現在は、お年寄り夫婦に気に入られて、家事手伝いをしているが、料理がとても上手らしい。結婚を考える年齢だが、お付合いをしている人はいないようだ」

裕子は、ときどきハンカチを口にあてて道原の話をきいていたが、

「刑事さんは、どうしてまどかのことを詳しくご存じなんですか」

と、かすれ声できいた。

「まどかさんが勤めているお年寄り夫婦の家が、放火された。その事件をきっかけに、彼女に会ったんです。気の強そうな女性です」

裕子は瞳を動かした。二十余年前の夜を思い出したのか、松籟《しょうらい》をきいたのか、眉間の皺を深くした。

道原は、円佳の夜の奇妙な行動を見ているが、それは口にしなかった。

3

道原と吉村は、清水の梅蔭寺近くの倉木家を再度訪ねた。昼間なのでだれもいないだろうと思ったが、玄関へ浜子が出てきた。彼女は頭痛がするのできょうは欠勤したのだといって、こめかみに指をあて、ときどきこういう日があるといって、眉間に皺を寄せた。

「まどかさんからは連絡がありますか」

道原がきいた。

「先月の初めごろ電話がありました。松本で元気に暮らしているようです。会社にでも勤めているのってわたしがききましたら、お年寄り夫婦の家で家事をしているといっていました」

「その通りですが、お年寄り夫婦の家は、火事になりました。放火されたんです」

「放火……。知りませんでした」

浜子は目を丸くして、老夫婦はだれかから恨みでも持たれていたのかときいた。

道原は、放火された原因も犯人も分かっていないと答えた。

浜子はしばらく下を向いていたが、道原の目の奥をのぞくような表情をして、

「まさか、まどかに、原因があるんじゃないでしょうね」

と、小さな声を出した。彼女は、松本の刑事があらためて訪れた目的を考えているらしかった。

「奥さんは、味川星之助という人をご存じでしたか」

「味川さん……。知りません。人からきいた覚えもありませんが、その方がなにか」

「以前、清水の横芝産業に勤めていた人ですが、八月二十二日に、日本平で事件に遭いました」

「ああ、思い出しました。たしか年配の方でしたね」

「そうです。その人は、記憶が曖昧《あいまい》になって、滞在していた旅館へ帰れなくなったこともありましたが、妙な物を持っていました」

「妙な物……」

浜子は片方の手を頰にあてた。

「まどかさんが勤めていた老夫婦の住所を書いたメモを持っていたんです」

「まさか、そのメモには、まどかの名が書いてあったんじゃないでしょうね」

「書いてあったのは、老夫婦の名前と住所だけです」

「放火された家の住所が書いてあった」

浜子は下を向いてつぶやいた。

彼女は、お茶を出してからすわり直すと、道原と吉村の顔をあらためて見て、訪問の目的をきいた。

「まどかさんは、松本市の里山辺というところのアパートに住んでいて、上条さんというお年寄りの仮の住まいへ、家事手伝いに通っています。お年寄り夫婦から受けている給料だけでは、生活がキツいと思います」

「わたしも、まどかの生活費については気にしているんです」

「彼女は最近、乗用車に乗っています」

「えっ、車を持ったんですか」

「まどかさんは、ある男性から借りているといっていますが、中古の乗用車をプレゼントされたようです」

「乗用車をプレゼントされた……」

浜子は顎《あご》に手をあてて首をかしげた。

道原は、湯呑みのなかの茶柱が倒れたのを見ていた。

「まどかに車をプレゼントした男の人は、何歳ぐらいですか」

「調べたところ五十一歳でした」

「お調べになったというと、その人にはなにか、疑わしいことでもあるのですか」

「まどかさんとは、親しい間柄だとみたからです」

「二十六歳のまどかが、五十代の男の人と親しくしている。それを不自然だとお感じになったのですね。その男性にはご家族がおいでになるのでしょうね」

「奥さんもお子さんもいます」

「たぶん」

「奥さんは、夫が若い女性に車をプレゼントしたことを、知らないでしょうね」

「騒動が起きなければいいけど。……まどかはどうして、家庭のある人と……」

浜子は暗い表情をした。

道原は四、五分間黙っていたが、話をもどすといって、ふたたび味川星之助の名を出した。

「日本平で災難に遭った味川さんは、松本市の上条夫婦の住所を書いたメモを持っていた。味川さんと上条さんは会ったこともなかった。……味川さんがなぜ会ったこともない人の住所を書いていたかというと、そこに、まどかさんがいるのを、知っていたからではないでしょうか」

「えっ」

浜子は伏せていた顔を起こした。「まどかは、味川という人と知り合っていたということですか」

「味川さんが、さがしあてたのではないでしょうか」

「さがしあてた……」

「まどかさんは、清水で味川さんと知り合ったのだと思います」

「清水で……」

浜子は胸で手を組み合わせると、道原の顔に注目した。

「味川さんは、まどかさんに会いたかったんです。彼女が松本にいるという情報をつかんだので、松本へ出掛けた。松本市の人口は約二十四万です。そのなかから一人の住所をさがしあてるのは容易でない。それで彼女の知り合いからでも住所をきいたのだろうと思います。お母さんは、まどかさんのお友だちをご存じでしょうか」

「高校時代に親しかった人を、二人知っています」

浜子は隣室からノートを持ってきた。覚えておきたいことを書きとめているらしい。

それには平林《ひらばやし》早苗《さなえ》と守《もり》谷《や》順子《じゅんこ》の清水の住所が記されていた。二人とも未婚らしいので、住所は変わっていないと思うと浜子はいった。道原たちはまどかの友人二人の住所と電話番号をノートに書き取って、膝を立てた。浜子は、「ご苦労さまです」といったが、その顔には髪が何本か垂れて寂しげだった。

歩きはじめると吉村が、「道原さん」とあらためて呼んだ。

道原は吉村の顔をにらんだ。

「味川星之助は、健忘症でも意識障害でもなかったのではないでしょうか」

「よくそれに気付いたな」

「この何日か前からそれを疑っていたんです。滞在していた旅館への帰り道が分からなくなった人が、列車を乗り継いで自宅へ帰っている。日本平へは、だれかに呼びつけられ、それに応じたのではないかって考えたんです。……道原さんは、味川の健忘症を疑っていたんですね」

「日本平で殺された味川は、松本の上条家の所在地を書いたメモを持っていた。彼はだれにも頼らずに上条家を見ることができて、その家を出入りする倉木円佳を確認したような気がするんだ」

「すると、上条家に火を付けたのは味川」

「そうにちがいない」

「放火の目的は……」

「倉木円佳を殺すつもりだったんじゃないかと思う。彼女が屋内にいるものと踏んでいたんだろう」

「円佳を殺す。なぜでしょうか」

「味川は、円佳と親しくしていた時期があったんじゃないだろうか」

「親しくというと……」

「愛人のような関係。いや、ちょっとちがうような気がする」

道原と吉村は信号の前で足をとめた。

「一年ぐらい前だったが、派遣型ヘルスっていうのか、いわゆるデリヘルクラブをやっていた女性から、仕事の実態をきいたことがあった」

「デリヘル」

吉村は空を仰いでつぶやいた。

「客に呼ばれて、ホテルなり自宅へいく女性は、昼間は会社や商店や医療機関に勤めている人たちだ。その女性を招ぶ人たちは、中高年の男性が多いらしい。若い男性には恋人がいるだろうから、デリヘルを利用する人は少ない。……利用者は五十代から六十代だ。なかには七十代後半の人もいるということだ。女性は男客と一時間か二時間一緒にいて、男の欲求を満たすだけだが、からだの枯れてきた男にとっては、商売の女性でも瑞々《みずみず》しく映るんだろう」

「招んだ女性を好きになるということですね」

「そう。女性の身元をさぐりあてて、付きまとう人もいるらしい。なかには、たびたび招んだ女性のことが好きになって、刃物を取り出した男もいたということだ」

「刃物を……」

「刺し違えをするつもりだったんだろう。女性を車に乗せて、車ごと海へ飛び込もうとした男もいたというんだ。招んだ女性と一緒に、死にたくなる高齢の男がいるそうだ」

　道原の目は、通り過ぎる車を映していた。

「そうか」

　吉村はなにを思い付いたのか、右の拳を左手に打ちつけた。

　道原は黙って吉村の横顔を見ていた。

「円佳は、デリヘル嬢をやっていた時期があったんじゃないでしょうか」

　道原は小首をかしげただけで、返事をしなかった。彼の頭には、やや面長の目鼻立ちのととのった女性の顔が浮かんだ。背筋を伸ばして歩く姿が映った。

八月二十二日の夕方、日本平の道路を下っていく味川星之助は、姿勢のいい若い女性と一緒だった、と目撃者はいっていた。健忘症のすすんだ味川が、若い女性と肩を並べて歩く姿は似合わない。彼には多少の意識障害があったかもしれないが、滞在していた旅館へもどる道筋が分からなくなるほど、その症状はすすんでいなかったのではないか。彼は、会社勤めをしていたころから、意識障害がすすんでいるのを演じていたような気がする。家族と世間を欺いていた。それは、ある事を実行するための準備ではなかったか。

味川は、あるきっかけで倉木円佳を知った。人に隠れて何度か会ううちに、彼女とはなれていられなくなった。彼女と知り合ったのは清水かその近くだったのだろう。彼女の方は味川に心を寄せていなかったが、彼は夢中で、彼女を追いまわすようになったような気がする。

そこで彼女は、味川から逃げるために松本で暮らすことにした。が、彼は諦《あきら》められず、手をつくして彼女の居所をつかんだ。その証拠が、死体の上着の内ポケットにしまわれていた上条家の所在地を書いたメモだ。

円佳の住所をつかんだ味川は、彼女の外出を張り込んでいて、会ったものと思われる。

　円佳のほうは、味川がうるさくなっていた。二人きりで会おうとはしなかった。味川に、「一緒に死んでくれ」とでもいわれそうな気がして落ち着けなくなった。

　勤め先であった上条家が、白昼、放火された。彼女は、身に危険が迫っているのを感じ取った。そこで、味川をこの世から消すしかないと決め、日本平へ呼びつけた。味川は、円佳から、「会いたい」という知らせを受けたとき、天に昇るような嬉《うれ》しさに、小躍りしたにちがいない。

　道原は、高校時代にまどかと親しかった平林早苗と守谷順子に電話して、「松本市へいった倉木まどかさんの住所を、だれかからきかれたことがありましたか」ときいた。すると平林早苗が、「大事なことを倉木まどかさんに伝えなくてはならないので、といわれたので、まどかの住所を教えました」と答えた。

「まどかさんは、八月二十二日に清水へきていたと思いますが、お会いになりましたか」

　と、道原はきいた。

「いいえ。会っていませんし、電話もありません。八月二十二日って、なんの日ですか」

　道原は、「記憶しておきたい日だったので」とだけ答えた。

4

道原と吉村は、「清水へ出張してきたので」といって、新富町の味川家を訪ね、仏壇に焼香した。写真の星之助は、帽子を手にして笑っていた。横芝産業に勤めていたとき、日本平の「赤い靴をはいていた女の子」の母子像を背にして写ったものだという。日本平の雑木林の中で腹を刺された星之助は、血だまりから数メートル這《は》っていった。犯人を追ったのか、助けを求めようとしたのか。彼は犯人の名を呼んだような気がする。その名は「円佳」だったのではなかろうか。

道原は事件には触れなかったが、妻の千代子は、うすうす、夫の下手な演技に気付いていたといった。

「少しはボケていましたけど、旅館への帰り道が分からなくなるほどの重症ではなかったと思います。なにか目的があったのでしょうけど、それは口に出しませんでしたし、わたしも知ろうとはしませんでした」

道原は、倉木円佳と星之助が親しかっただろうことは話さなかった。いずれは事件捜査の結果が発表される。そのとき、星之助と円佳の関係が公表されるかどうかは分からない。死者の名誉のために、マスコミは、犯人は女性、とだけにしておくかもしれない。


道原と吉村が帰署すると、夜の会議室へ捜査員が集められた。

松本市深志の上条家に放火したのは、味川星之助にちがいない、と道原は意見を述べ、味川は倉木円佳と特別な関係だったことが考えられる。放火の動機は、円佳を殺害する目的だったと思われる。味川に殺意を持たれているのを知った円佳は清水へいって、味川を日本平へ誘い出し、殺害した。この推測はまちがっていないだろうともいった。捜査員の何人かは、道原の推測を支持するというふうに頭を動かした。

「次に、市内の城東で殺害された戸祭君房氏の事件について」

三船課長がそういったところへ、ある人から電話が入った、とシマコが会議室へ報告にやってきた。

ある人は、円佳が住んでいる相沢荘の家主の主婦だった。彼女は、「たったいま、倉木さんの部屋へ入っていく女性を見ました。刑事さんから、倉木さんの部屋を訪問する人を見たら、連絡してといわれていましたので」

と、主婦はいった。

「入っていく人の顔をご覧になりましたか」

とシマコはきいた。

「顔は見ませんが、小柄の若い人のようでした」

と主婦は答えたという。

「小柄の若い人……」

道原はつぶやいて吉村と顔を見合わせた。

「相沢荘へいきましょう」

吉村は手にしていたノートをポケットにしまった。

静岡市から商談があって松本へきていた戸祭君房は、一緒に食事をした鶴岡と別れた直後、道路の信号を渡ったところで、何者かに刃物で刺されて死亡した。彼が刺された瞬間を現場近くの防犯カメラが捉えていた。彼に体当たりするように腹を刺したのは、鍔《つば》のある黒い帽子をかぶった小柄な人だった。その映像を見た何人かの捜査員は、「女じゃないか」「若そうだ」「少女じゃないか」と感想を口にした。

道原と吉村は、相沢荘へ駆けつけることにした。夜間に円佳の部屋を訪ねた人に会う必要がある。円佳とはどのような関係か、夜の訪問の目的はなにかを、詳しく知りたい。

相沢荘に着いた。十部屋のアパートには、左右からライトがあたっている。円佳は二階の角部屋に住んでいる。道原と吉村は階段を駆け上がると、円佳の部屋のドアをノックした。が、応答がない。アパートの裏側へまわって二階の窓を仰いだ。円佳の部屋の窓だけが暗かった。駐車場をのぞいた。彼女の車はなかった。彼女は訪れた人と一緒に外出したのだろうか。

家主の相沢家へいって、主婦に会った。

「倉木さんは、車で出掛けたようです」

吉村が主婦にいった。

「そうですか。夜なのに」

主婦は顔を曇らせた。

道原はあらためて、円佳の部屋へ入っていった人の風采を尋ねた。部屋のドアが開いたとき、室内の灯りが訪問者を照らした。訪問者は円佳に手を曳かれるようにすぐにドアの中へ消えた。

「髪はおかっぱのようでした。それで若い女の人だと思ったんです。身長は一五〇センチぐらいではないでしょうか」

道原は訪問者の服装を憶えているかときいた。主婦は憶えていないようだった。特別変わった服装をしていなかったからだろう。

道原と吉村は、アパートの駐車場を張り込んだ。

円佳が車を運転してもどってきたのは午前零時を二十分すぎたとき。彼女以外に乗っている人はいなかった。道原と吉村は、その時刻をメモして引き揚げることにした。

これから毎日、彼女の行動を監視する必要がある、と道原は吉村にいった。


翌日、円佳が買い物に出掛けているときを見計らって、上条夫婦をマンションに訪ねた。

昨夜の円佳は、深夜に帰宅した。きょうはいつもと変わったようすはなかったかを悦子にきいたが、別段変わったところはなかったという。

「ゆうべは、円佳さんの部屋を訪ねた人がいました。若い女性のようでした。円佳さんはその人と一緒に車でどこかへ出掛けて、深夜にもどってきました」

「深夜に……。なにをやっているのでしょうか」

悦子は首をかしげた。そして、円佳は松本には知り合いはいないといっていたが、

「夜間に訪ねてくる人がいる」

と、独りごちて、天井を向いた。

今日の悦子は、買い物から帰ってきた円佳に、夜間に仕事でもしているのか、ときくだろう。きかれた円佳はどう答えるか、道原はその結果を早く知りたかった。そして、夜間に彼女の住まいを訪ねた若い女性。その人の身元や職業を正確につかみたい。

次の日の夕方、上条悦子が道原に電話をよこした。彼女は昼食のあと円佳に、「夜間は飲食店にでも勤めているのか」ときいた。すると円佳は、週に三日だけ裏町のスナックでアルバイトをしている、と答えたという。

「車を持っていることをききましたか」

「ききませんでした」

裏町のスナックでアルバイトをしているのがほんとうかを知っておく必要があるので、夕食の片付けを終えて上条家を出る円佳を、尾行することにした。

道原と吉村は、上条夫婦が住んでいるマンションから北に約二〇〇メートルの駐車場をのぞき、円佳が乗っているゴスペルを確認した。彼女以外の人が車に乗ることも考えられたので、マンションを出てくる円佳を張り込み、出てきた円佳のあとを尾けた。彼女は二度、後ろを振り返った。姿勢がよく、歩きかたは速かった。きょうの服装は、クリーム色の長袖シャツにジーパンに白のスニーカー。

　駐車場に着くと、ゴスペルの周りを点検するように見てまわった。車に乗るとスマホを耳にあてた。電話を掛けている。二分間ほど話して切ると、また耳にあてた。べつのところへ掛けているようだ。また二分ほど話して切り、またべつのところへ掛けた。運転席にすわって十数分後に走り出した。

　女鳥羽川を渡ったところで停止した。四、五分経つと黒っぽい服装の人が円佳の車に近づいた。

「あっ、女性だ」

　吉村がハンドルをつかんだまま叫ぶようにいった。円佳の車の脇に立ったのは、おかっぱ頭の小柄な女性だった。相沢荘の主婦が見掛けたといった人ではないだろうか。その女性は円佳の車の助手席に乗った。さっき駐車場で電話をしていた相手は、いま助手席にすわった人にちがいない。

「二人は、どこへいくのか」

　吉村と道原は、円佳のゴスペルをにらんだ。

　女性を拾った車は、女鳥羽川を渡り直して、最近改装したホテル俵屋《たわらや》の横でとまった。助手席に乗っていた女性が降車した。その人は転がるように走って、ホテルへ飛び込むように入った。道原と吉村は顔を見合わせたがなにもいわなかった。

円佳の車はホテルから二〇〇メートルばかりはなれたところでとまった。十五分経った。

「どうしますか」

吉村がきいた。

「円佳を監視しよう」

車のなかの円佳は、ハンドルに顔を押しつけるような格好をしている。目を瞑っているのだろう。

「円佳は、ホテルに入った女性が出てくるのを待っているんだ」

「週のうち三日は、裏町の店でアルバイトをしていると上条さんに話したのは、嘘だったんですね」

道原は先日の夜の円佳の行動を思い出した。彼女は車を運転して、クラシカホテルの地下駐車場へもぐり込んだ。そして二時間あまり経ってホテルを出てきた。ホテルのどこかの部屋でだれかと会っていたのだろう。だれかは男性にちがいない。

これで倉木円佳のやっていることが大体読めた。彼女は何人かの男性を得意先にしているのだろう。その男性の求めに応じて、円佳が指定された場所へ赴く。彼女は若い女性を一人使っている。おかっぱ頭の小柄な人だ。

宝建設資材社長の池尻正照は、円佳の得意先の一人ではないか。彼はたまに彼女をホテルに招んで、一、二時間をすごしているだけでなく、愛人だと思い込んでいるようだ。その証拠は乗用車だ。中古車を買って彼女にプレゼントした。ホテルで一、二時間遊ぶだけでなく、好きになった人なのだ。彼女が若い女性を使って商売をしていることは知らないだろう。年寄り夫婦の家事を仕事にしているごく地味な女性と、思い込んでいるのではないか。ある時、彼女は、「まとまったお金が必要になった」といい出すかもしれない。「どうしても五百万円要るの」といわれたら、彼は現金を用意するだろうか。

会社の金をなにに遣うのかをいわずに引き出す。そのことが社員の口から妻に知れる。彼の弁解によっては妻は不審を抱く。そのことが原因で家庭崩壊につながる結果がないとはいえない。家庭崩壊が起こったとしたら、池尻は円佳に寄りかかろうとする。円佳は商売のみで男とつながっているのだから、寄りかかられて一人占めは迷惑なのだ。もしも冷たい態度をとったとしたら、男は癇癪《かんしゃく》を起こし、刃物がちらつく事件に発展する——。

道原は、八月二十七日夜、市内城東の交差点近くで殺された、戸祭君房の事件を頭に浮かべた。彼を刃物によって殺害したのは、小柄な女性のようだった。もしかしたら戸祭は、円佳の得意先の一人だったかもしれない。彼が松本へくる目的のひとつは、円佳とひとときをすごすためだったことが考えられる。戸祭は円佳に無理難題を吹っかけていたのではないか。あるいは彼女の弱味を衝くか握っていた。それが殺意に発展し、おかっぱ頭の女性に殺害を指示した——。

5

円佳が車のハンドルに顔を伏せてから約一時間がすぎた。顔を起こすと両手で髪を撫で、車を方向転換させた。ホテル俵屋から出てきたおかっぱ頭の女性を車に乗せた。おかっぱ頭は、助手席でなく後部座席へ滑り込んで横になったらしい。

円佳は車をゆっくり走らせ、いくつかの角を曲がった。まるで尾行車に気づいて、それを撒《ま》こうとしているようにも見えた。女鳥羽川を渡って七、八分走り、小さな神社の裏側の古そうなアパートの前でとまって、女性を降ろした。大村《おおむら》という場所だ。おかっぱ頭は、一階の右から二番目の部屋のドアのなかへ消えた。そこが住所にちがいない。表札は出ていなかった。道原はそのアパートをカメラに収めて車にもどった。円佳は、里山辺の相沢荘へ帰ったにちがいない。

翌朝、シマコをまじえて、おかっぱ頭の住まいと思われる「かりがね荘」というアパート一階の右から二番目の部屋のドアをノックした。

吉村が二度ノックすると、「だあれ」と、喉《のど》を痛めているような声がした。

「警察の者です。話をききたい」

吉村がドアに顔を寄せた。

「ちょっと待ってください」

小さい声が返ってきた。

五、六分経ってドアが開いた。おかっぱ頭だ。眠り足りないような目をしている。身長は一五〇センチぐらいだ。ミカンを三つ描いたTシャツにジーパン姿の彼女は、目は大きく唇は厚いほうだ。蒼白い顔で、どこか不幸せな感じである。

玄関のたたきは狭いので、道原とシマコが入った。吉村は開けたドアに手を掛けて通路に立っている。道原が名前をきいた。

「高梨《たかなし》亜矢《あや》です」

といって、字を教えた。声はかすれている。

「学生ですか」

彼女は首を振ってから、

「高校を二年で中退して、二年になります」

と答えた。

「十九歳ですね」

「はい」

「仕事は」

「していません」

「独り暮らしのようですが、両親や兄弟は」

「いません」

「いないとは、どういうことですか」

「父は、わたしが中学三年のときに、交通事故に遭って亡くなりました。母は、わたしが高校二年になったばかりのときに、再婚というか、男の人と一緒になって、どこかへいってしまいました。わたしには兄弟はいません」

「お母さんがいなくなったあと、生活はどうしていたんですか」

「母は、少しまとまったお金を置いていなくなりました。そのお金で生活《くらし》ていました」

「いまは仕事をしていないといったが、どうやって生活しているんですか。この部屋の家賃も払わなくてはならないだろうし」

彼女は顔を伏せると、ある人の仕事を手伝っている、と小さい声で答えた。

「ある人とは……」

彼女は首を横に振った。それは答えられないといっているようだ。

「口止めされているので、答えられないのですね。……あなたにはきかなくてはならないことが沢山ある」

彼女の本籍地は安曇野市堀金《ほりがね》だった。両親の名をきくと、小さい声だがはっきりと答えた。

「お父さんは交通事故で亡くなったというが、どこで事故に遭ったの」

道原がきいた。

「松本の蟻ヶ崎《ありがさき》です。父はクラウン商事という会社で、社長の車の運転手をしていました」

クラウン商事は食品卸しの大手企業だ。社長を車から降ろした父は、車にもどろうとしたとき、スピードを上げて走ってきた乗用車にはねられて、重傷を負った。救急車で病院へ収容されたが、知らせを受けて駆けつけた母と亜矢の顔を見ると、力尽きたように息を引き取った。四十三歳だったという。加害車輛は乗用車だったとしか分からず、松本署は懸命に捜査したが、未だに加害者を割り出せずにいる。

「お母さんは琴子《ことこ》という人だが、だれと再婚したの」

「再婚したっていいましたけど、正確なことは分かりませんし、相手の人の名前も知りません。母はわたしが学校へいっているとき、手紙とお金を置いて、いなくなったんです」

「置き手紙にはなんて書いてあったの」

道原は亜矢の表情に目を据えた。

「ある人と一緒に暮らすことになったので、ここを出ていくとありました。それから、あとで手紙を出す、とありましたけど、最近まで手紙はこないし、電話も」

亜矢は唇を嚙《か》んだ。母親を思い出したようだ。恨んでいるにちがいなかった。

6

母がいなくなった次の日、亜矢は体調を理由に学校を休んだ。日曜をはさんで五日間、登校しなかった。同級生がようすを見にきた。学校を退《や》めたいと同級生に話すと、反対された。高校中退だと就職にも影響するといわれた。だが学校へいって担任に事情を話して、中退を決めた。

家は借家だったので、そこを出ていくことを家主に話して、松本で生活することにした。

現住所のかりがね荘の部屋を借りると、ハローワークへいって、就職先をさがした。スーパーマーケットと、縫製工場と、リンゴ農家などを紹介されたが、どこも気乗りしなかった。職員は書類をめくっていたが、レストランのウエートレスはどうかとすすめられた。松本では有名な店だといわれた。その店は松本市役所の近くだと地図をくれた。そこへ面接にいった。わりに広いきれいな店だった。店の主人はやさしげで、働いているうちに料理を覚えられるし、将来役に立つと教えられた。

彼女は一日考えてみるといったが、主人の話が気に入り、その店で働くことにした。「ルーストリア」という名の店で、ブルーの線が一本入った白い帽子に白いシャツに白いパンツが与えられた。主人夫婦のほかにコックが三人いた。昼食と夕食を与えられるのがうれしかったし、毎日の夕食が楽しみになった。

料理の名とウエートレスの要領をすっかり覚えて、一年が経って十八歳になった。

初夏のある日、男性と一緒に何度か食事にきていた垢抜《あかぬ》けした若い倉木という姓の女性に、「お店が終わってから会いたい」と耳打ちされ、電話番号を書いたメモを渡された。なんとなく秘密めいていたので、小さなメモを胸にあて、自分の鼓動をきいた。細身で目の大きいその人は、女優のだれかに似ていた。女優の名を思い出せないうちにその日の勤務が終わった。

店を出ると、路地に隠れるようにして、メモを見ながら電話を掛けた。女性は亜矢からの電話を待っていたらしく、裏町通りのバーにいるので、そこへきて欲しいといわれた。

夜の裏町を歩くのは初めてだった。足をふらつかせて歩いている男がいたし、大きい声で歌をうたいながら歩いている人もいた。

倉木という人は、薄暗い店のカウンターに肘《ひじ》を突いていた。天井から音を絞った音楽が降っていて、店内に酒の匂いがこもっているような雰囲気がした。

「疲れているでしょ。呼び出してごめんなさい」

倉木という女性は、「円佳」という名だとフルネームを名乗った。

「こういうところ、初めてです」

亜矢はそういってせまい店内を見まわした。ボックス席では、男が女性の肩を抱いていた。

ママは五十代に見える太った人だった。

「お酒は」

「飲みません。飲めないんです」

円佳にきかれた。

ママがジュースを出してくれた。そのグラスを持ってボックス席へ移った。

「あなたには、彼氏がいるの」

円佳は低い声できいた。

「いません」

「男の人を好きになったことは」

「ありません」

「あなたは可愛いから、男性に好意を持たれたことがあったでしょ」

「高校生のとき、大学生の人に、付合ってくれっていわれたことが一度ありました」

「その人とお付合いしたの」

「いいえ。わたしはその人が嫌いでしたので」

円佳は、細長いグラスをときどき揺すりながら酒を飲んでいた。

「あなた、男の人に抱かれたことは」

亜矢は胸に手をあてて、「ない」と答えたが、一度だけ、勤め先のコックに誘われて入ったホテルで、朝方まで抱かれていたことがあった。その男は三十半ばで、妻子がいた。亜矢のことを、「好きだ、好きだ」といって、揉《も》みくちゃにした。肩や胸に痣《あざ》ができた。なぜなのか暗い不安に襲われ、朝陽が当たっている道を、腹を押さえて駆けて帰った。

円佳と会ったその夜は、一時間ばかり話して、タクシーで送ってもらった。車を降りぎわに一万円札を二枚、亜矢の掌にのせた。

それから一週間後、円佳が電話をよこして、

「この前会った店へきてくれない」

といわれた。そのいい方は優しくて、姉のような気がした。

この前と同じように、円佳はボックス席へ亜矢を招いて、

「男の人と会う仕事をしてくれない」

とささやくようにいわれた。

「男性は中年なので、無理なことはいわない。一時間か二時間、一緒にお茶でも飲むような気持ちでお話ししていればいいの」

その仕事は週に一度ぐらいだといわれた。

それを話したときの円佳の目は蛇のように光っていた。まるで喉元に匕首《あいくち》を突きつけられているようでもあった。

「ルーストリアはどうしましょうか」

レストランのことである。

「勤めていられるなら、いまのままでいいし、収入は保証するので、辞めてもいいわよ」

亜矢は一日考えるといった。

円佳は、「タクシーで帰って」といって、また二万円くれた。

亜矢は翌々日、円佳に電話した。「仕事をさせてください」といった。一度、円佳のいう仕事をしてみた結果によっては、レストランを辞めることにした。

円佳からいつ電話がくるかとドキドキしていたからか、重ねて洗い場へ運ぼうとしていた大皿を、床に落として割ってしまった。それを見たマスターの奥さんに、「あなた、このごろ、落ち着きがないわよ。考えごとでもしているの。困ったことがあったら話してちょうだい」といわれた。

亜矢が円佳に、「仕事をさせてください」といった三日後の夜、レストランから帰ろうとしていたところへ、円佳が電話をよこした。クラシカホテルへいって、地下の駐車場からエレベーターに乗って、八階の×号室へいくようにといわれた。亜矢はぶるっと身震いしたが、踵《きびす》を返してクラシカホテルへ向かった。

「やあ、いらっしゃい」

といった男の頭には白いものがまじっていた。浴衣を着てビールを飲んでいた。椅子に腰かけた亜矢の膝の上へバスタオルをのせると、「シャワーを浴びてきなさい」といった。彼女は脱いだ物を浴室の入口へ丸めて置いた。男は彼女が服を脱ぐのをじっと見ていたようで、身が縮むような思いがした。

男は、丸裸にした亜矢の全身に唇を這わせた。彼女は震えていた。歯が鳴った。行為がすむと、彼は口を半分開けて目を瞑っていた。そのスキに彼女はシャワーを浴び、素早く服装をととのえた。

彼は起き上がってビールを注いでくれたが、亜矢は一口も飲まなかった。

彼は若草のような色の封筒をくれて、

「また会ってください」

といって椅子を立ったが、めまいでももよおしたのか壁に寄りかかった。

帰りのタクシーのなかで封筒の中身を見ると、十万円入っていた。

次の日の夜、いつもの裏町のバーで円佳に会い、男から受け取った封筒を渡した。

円佳はそのなかから五万円を抜き出して亜矢にくれた。

その後、その男とは二度会った。三回会ったわけだが、三回目の夜は、彼の希望で、一緒に湯槽に浸っただけであった。

第六章　夜の川

1

九月の雨の日、アパートの郵便受けに封書が入っていた。〇〇農園の茶封筒に白い紙を貼って住所とアパートの名が書いてあり、住所より少し大きい字で「高梨亜矢様」と書いてあったが、差出人の名は書いてなかった。封を開けると、白いコピー用紙に手書きの小さな文字が並んでいた。

「連絡しなくてごめんね。元気に暮らしていると思います。わたしは、毎日のご飯がおいしくなくてやせました。じつはわたしは、あんたを産む八年前に女の子を産んでいました。音葉《おとは》という名で、あんたの姉になるわけです。その子はいま、松本の裏町の「紫《むらさき》」っていうクラブで働いています。一度、会ってあげて。きっとよろこぶと思います。

とあった。母である。母は亜矢の現住所をつかんでいたのだ。たたんだ紙のあいだから一万円札が一枚こぼれ落ちた。

亜矢は、身震いしながら書いたような文字を一字一字読み直した。どこかに母の住所が分かるヒントが隠れているような気がした。

亜矢は手紙と一万円札をバッグにしまった。音葉という名を何度も口にしてみた。音葉の勤め先を知っているということは、母とは交流があるのか。

亜矢は円佳に、母からの手紙のことを話した。

「あなた、いまの住所に住民登録しているんでしょ」

円佳はきいた。

「しておかないと、都合の悪いことも起こるんじゃないかと思いましたので」

「お母さんは、あなたの住民登録をたどったのよ。お母さんの住所を知りたかったら、その向きの人に頼んでみたら」

亜矢は首を振った。母が住んでいるところを知りたくはなかった。母がどんな人と暮らしているのかも知りたくなかった。

それよりも音葉という人を見たかった。会ったとしたら、なんといえばいいのか。

それを円佳に話すと、紫というクラブの場所を知っているといった。

「わりに大きな店なのよ。のぞいてみる」

円佳は、「わたしも興味がある」といった。

次の日の夜、亜矢はスカートを穿《は》いた。スニーカーでなく黒い光った靴を履いて円佳に会った。

「クラブへ女が二人でいったら、珍しがられるでしょうね」

円佳は笑った。

「円佳さんはきれいだから、働いて欲しいっていわれるかもしれませんよ」

「あなたのほうが、誘われそう」

円佳と亜矢は、和食の店で食事をした。円佳は旨そうに酒を飲んだ。目の縁をほんのりと赤くした九時すぎに、クラブ紫へ入った。黒服に黒の蝶ネクタイの色白の男にボックス席へ案内された。

ステージでは白いドレスの女性がピアノの伴奏でうたっていた。「寒い夜汽車」とか「北の旅路」とかの詞の演歌をハスキーな声でうたい、客から拍手を受けていた。

円佳と亜矢の席に付いた目尻に皺のあるホステスに、歌手の名をきいた。

「滝本《たきもと》音葉さん。歌の上手な人はもう一人いるけど、滝本さんのほうが数段上」

「滝本音葉さんは、この店に何年も前から」

円佳がきいた。

「二年ぐらい前だったと思います。きれいだし、お客さんに好かれています」

滝本音葉は白いドレスの裾《すそ》を気にするような格好をして、客席を縫うようにまわっていたが、三十分ぐらい経つと円佳と亜矢の席へやってきた。

「若い女性の方がお二人とは、珍しいですね」

音葉の声は少ししゃがれていた。円佳は、亜矢と音葉の顔を見比べた。

「目元がそっくり」

円佳は亜矢の耳にささやいた。亜矢はなにもいわず、音葉の少し疲れているような顔を見ていた。手のネイルは透明で、イヤリングは小さめだった。歌はうまいが、地味な生活をしているように見えた。

「お客さんは、なにをなさっていらっしゃるんですか」

音葉が亜矢にきいた。亜矢は返事につまったが、レストランに勤めていると答えた。なぜか音葉は円佳には職業をきかなかった。

円佳と亜矢は、紫に一時間あまりいて席を立った。

二人は四、五〇メートル歩いておでん屋に入った。円佳は日本酒を飲んだ。亜矢は、コンニャクとタマゴを頼んだ。

「あんた、音葉さんに、血のつながりのことを話さなかったけど……」

円佳がいった。

「また会うことがあったとしても、話さないつもりです」

「どうして」

「レストランに勤めているって、嘘をついたから」

亜矢は下を向いて答えた。円佳は、亜矢の頬に突き刺すような目を向けていた。


——亜矢は八月の蒸し暑いある夜を思い出した。円佳に電話で呼ばれたのは松本市役所近くのカフェだった。

「今夜、静岡から松本へきて、クラシカホテルに泊まる中年の男がいる。その男は、夕方までだれかと会って、食事をしてからホテルに入る。わたしがホテルへいくことになっていたけど、いかないことにした。わたしがその男を教えるので、後を尾けて、ホテルに入る前に、暗がりで、腹か胸を刺せ」

と円佳にいわれて、ナイフを与えられた。光ったナイフをちらりと見たとたんに、全身が凍るような思いがした。

「その男の人をなぜ殺すの」

亜矢は震えをこらえて、円佳にきいた。

「何度か抱かれているけど、ヘンな趣味があるので嫌なのよ。わたしが会うのを断わったりしたら、なにをするか分からない男なの。だから……」

亜矢は断われなかった。拒否したとしたら自分が殺されるだろうと思った。

円佳は、ときどき、実の姉のような温かい言葉を掛けてくることがあるが、日によっては、氷のような冷たい言葉を投げかけてくることもある。

「わたしはね、男の人から甘く見られるのが大嫌いなの。好きだとか、愛してるなんて軽がるしくいわれると、虫酸が走るし、頭を真っ二つに割ってやりたくなるの」

亜矢は、城東の信号を渡ったところで、円佳にいわれたとおりに、円佳に教えられた男に、体当たりするようにナイフを使った。男は何歩かよろけ歩いて、暗い店舗の軒下へうずくまった。亜矢はナイフを隠し持って走って逃げ、道端の井戸を見つけると、その桶《おけ》のなかへナイフを放り込んだ。

次の日は新聞を買った。市内城東で、会社の社長が刃物で腹を刺されて殺されたという記事が大きく載っていた。目撃者がいて、犯人は黒い帽子をかぶった小柄な人、と出ていた。

円佳は亜矢に殺人を強要した。亜矢はそれに応えて実行した。二人は同じ重さの罪を背負ったことになった、と亜矢は解釈していた——。

2

松本署の刑事課は、三船課長を取り巻くようにして打ち合わせをしていた。そこへ上条悦子が電話をよこした。

「円佳さんが出てこないので、電話をしました。電話は妙な音がして、切れてしまいました。こんなことは初めてですので、なんとなく不吉な……」

七十三歳の悦子の声は、冷たい風に吹かれているように震えていた。

「きのうは出てきていたんですか」

道原がきいた。

「はい。いつものように、お掃除をしたし、買い物もしたし、夕飯もわたしたちと一緒に食べて、その片付けをすませて帰りました」

「なにか気になったことはありませんか。いつもとちがったことをしたとか」

「いいえ。気になったことなんか、ありませんでした」

道原は電話を切ると吉村に耳打ちした。

「相沢荘へいってみましょう」

道原は吉村にうなずいた。

二人が乗った車は、市内の中心街を通って里山辺に着いた。入居者全員が勤め人だという相沢荘は静まり返っていた。アパートの裏側の駐車場を見にいった。円佳が乗っているゴスペルはなかった。きょうの彼女は車を運転して上条夫婦のいる惣社のマンションへはいかなかった。

アパートの家主の相沢家を訪ね、主婦に会った。円佳が上条夫婦の住まいへ出勤しないし、電話も通じないが、円佳になにか変化でもあったかをきいた。

「まあ、どうしたのでしょう。倉木さんはうちへはなにもいってきません」

吉村は、円佳のスマホの番号へ何度も掛けたが通じなかった。円佳の身になにかが起こったとしか思えない。

道原と吉村は上条夫婦に会った。

「ここへくる途中に、事故にでも遭ったんじゃないでしょうか」

上条貞彦は首をひねりながらいった。貞彦と話しているところへ、三船課長が電話をよこした。大村のかりがね荘アパートものぞいてこいといった。そこの一階には高梨亜矢が住んでいる。円佳と亜矢は、人にいえない闇《やみ》の商売をしている仲だ。

古い建物のかりがね荘も無人の館のように押し黙っていた。一階の右から二番目のドアを、吉村がノックした。「だあれ」という若い女性の声を期待していたのだが、二度叩いても、三度叩いても応答はなかった。

道原と吉村は顔を見合わせた。円佳と亜矢は、一緒に高飛びしたのではないか。二人は警察に、戸祭君房殺しの犯行をつかまれたのではと察知した。捕まったら二度と日の目を見ることができないと判断し、一緒にどこかへ逃げたようだ。

道原たちは、署へもどると、倉木円佳と高梨亜矢の住居を捜索する令状を備え、鑑識係とともに相沢荘へ向かった。家主に令状を示して部屋を開けてもらった。部屋は二室にキッチンだった。

押入れを開けた。布団、毛布、タオルケットが重ねられていた。やがて警察に踏み込まれることを想定していたのだろうか。布団には円佳の温もりが残っていそうだった。小振りのテーブルに二脚の椅子が向かい合っていた。部屋の隅に小型の掃除機がころがっていた。鑑識係は、持参した掃除機を床に這《は》わせた。毛髪などを拾ったのである。ころがっていた掃除機を押収した。

高梨亜矢が暮らしていたアパートの部屋でも、同じ作業をした。

亜矢が勤めていたレストランのルーストリアで、彼女が所持していたスマホの番号をきいて、それに掛けた。水の泡がはぜるような音がしただけだ。「イマドコサーチ」や「マップヘルプ」の機能でスマホの位置をさぐったが無駄だった。円佳と亜矢は、所在地を隠すためにスマホを捨てたにちがいない。二人は、円佳が運転する車に乗ってどこへいったのか。静岡県の清水だろうか。清水には羽衣の松で有名な三保の松原がある。駿河湾を越えた先の雲の上にすわっている富士山を望める日本平がある。

しかし円佳は清水には住まないだろう。四歳のとき、三保の松原へ母に棄てられた子だったからでもある。

長野県警は、全国に倉木円佳と高梨亜矢の指名手配をした。戸祭君房殺害の容疑である。

「二人はどっちへいったと思う。東か西か」

道原は吉村にいった。吉村は首をかしげたが、

「これから冬に向かうので、東北や北海道ではないような気がします」

「そうすると西か。名古屋か大阪かな。人口の少ない土地でなく、雑踏のなかへまぎれ込もうとしているような気がする」

「いままでにかかわりのある土地へは、いかないでしょうね」

「そうだな。海峡を渡って、福岡あたりかな」

博多《はかた》の中洲《なかす》あたりの酒場へでも、もぐり込むつもりかもしれない。

「亜矢は短期間だが、レストランに勤めていたので、似たようなところへ就職しそうな気がします」

「円佳は、会社勤めのあとは、家事手伝い……。いや、彼女には得意先がある」

「得意先……。あ、分かりました。男ですね。何人もいるのでしょうか」

「何人もはいないと思うが、どこかに落着けば、客を増やすことは可能だ」

「彼女たちにはスマホがありません。連絡手段はどうするのでしょうか」

「通信会社が、プリペイドホーンなどを売っている。それを使っていても、所在地をさぐりあてることは不可能だ」

「便利なものが出来ると、それを逆手に取るような商売を考える者が現れるんですね」

長野県警は、倉木円佳と高梨亜矢を指名手配したが、念のために二人が住んでいたアパートを張り込んでいた。

二日経っても、三日が過ぎても二人はアパートへもどってこなかった。二人の行方を全国に指名手配しているが、似ているような人がいるといった情報も入らなかった。

「滝本音葉はどうしているでしょうか」

突然吉村が目が覚めたようなことをいった。琴子という名の亜矢の母が産んだ娘だ。亜矢は現在十九歳だが、音葉は二十七歳。琴子とはどういう性格の人なのか、音葉を産んだが棄て、亜矢を産んだがやはり置き去りにして、男のもとへ奔った女だ。音葉はどんな道を、どういうふうにして歩いてきたのか不明だが、いまは松本市の裏町のクラブで歌をうたっている。目元が亜矢に似ているという。

道原は夕方になるのを待って、クラブ紫へ電話し、音葉を呼んでもらった。

「音葉さんは、まだ出てきません」

男が電話に答えた。

一時間経った午後八時すぎに、もう一度電話した。

「出勤時間はとうに過ぎているのに、出てきません。休むという電話もないので、電話を掛けました。ところがどういうわけか通じません」

道原は音葉の電話番号をきいて、掛けてみた。水面に浮いた泡がはじけたような音がしただけで通じなかった。円佳と亜矢の場合と同じだった。三人ともスマートフォンを川にでも放り込んだのだろうか。

「三人は、一緒になっているんじゃないか」

道原は、三人が車に乗っている姿を想像して、課長に話した。

「円佳と亜矢の場合は、戸祭君房殺しを追及されるのを察知して、逃走したことが考えられるが、音葉は……」

課長は腕組みして天井を仰いだ。

音葉の住所は紫できいて松本市水汲《みずくま》のマンションだと分かった。その住まいを見ることにして、吉村と一緒に向かった。

そのマンションは、幾本かの銀杏が葉を黄金色に染めた公園を見下ろす位置にあった。出入口近くの集合郵便受けには名札の入っていないポストがいくつもあった。マンションの家主は、隣接地の門構えの家だった。インターホンに応えた女性に滝本音葉の部屋をきくと、三階だと教えられた。その部屋のインターホンを鳴らしたが、応える人はいなかった。

クラブ紫へ電話した。音葉は出勤していない。音葉は車を持っていたかを、家主にきいた。マンションの駐車場へ車を入れていなかったので、所有してはいないようだったといわれた。彼女は独り暮らしだったことも分かった。

「やはり三人は一緒になって、車でどこかへ向かっているにちがいない」

道原は、グレーのゴスペルに乗っている三人の女性を想像した。雨が降りはじめ、雨足は強くなった。気温が下がった。ワイパーが撫でるフロントに映っている顔は倉木円佳だろう。その横にいるのは高梨亜矢だろう。後部座席で窓にあたる雨を見ているのは滝本音葉のような気がする。その三人はいずれも産みの母に棄てられた難民だ。どこへ向かって、なにをするのか、目的はあるのだろうか。

捜査員は夜通し、音葉の住んでいたマンションを張り込んでいたが、彼女は帰ってこなかった。そこで、令状を手にして部屋へ入った。ドアポストには新聞が挿し込まれていた。板の間には緑色のスリッパが一足、この部屋の主《あるじ》の帰りを待っていた。二間あって、奥の部屋の壁には水色のドレスがハンガーに掛けてあった。ドレスなど二度と着ることはないといっているようだ。押入れのなかには、扇風機とストーブが入っていた。いずれも古くて華奢《きゃしゃ》なものだった。音葉はこの部屋に三年近く住んでいたという。家財や食器が少ない点から質素な生活振りがうかがえた。

第七章　黒い虹

1

倉木円佳は、何年かぶりに中秋の名月を仰いだ。気温は十八度。肩を抱くようにして車にもぐり込んだ。五分も経たないうちに高梨亜矢がやってきて、助手席にすわった。

それから一時間後、滝本音葉が息を切らして到着した。

円佳は二人を車に乗せ、薄川《すすきがわ》に架かる小松橋《こまつばし》の近くに車をとめた。

「わたしと亜矢は、松本にいられない事情があるので、遠方へはなれることにしたの。その事情についてはいずれ話すわ」

円佳は、運転席から後ろへ首をまわして音葉に告げた。音葉は、「分かった」というふうに首を動かした。円佳は先に、音葉と亜矢は姉妹だということを音葉に話していた。

「わたしも、松本にいたくないの」

音葉がいった。

「そう。その理由をわたしたちに話せるの」

円佳は音葉にきいた。

「東京の世田谷区に住んでいるらしいのに、松本市内に提携している会社があるといって、毎月のように松本へきて、紫へ飲みにくるおじさんがいるの」

「何歳ぐらいの人」

円佳がきいた。

「七十歳ぐらいだと思う。店へくるたびにわたしを席に招んで、『今夜はいいだろう』って口説くの。頭には毛が一本もなくて、満月のような丸くて平べったい顔をしているの。その人、ひと晩、一緒に過ごしてくれたら、百万円くれるって豪語しているの。……わたしはその人の法螺《ほら》みたいな大きな話をきくのが大嫌い。一緒に寝るのを断わりつづけていたら、なにをするか分からない。紫のママは、その人とグルなのよ。わたしに、『ひと晩ぐらい一緒にいてあげたら』って、この前いわれたの。松本にいるかぎり、その人はわたしを追いかけてきそうな気がする」

と音葉はいって、寒さをこらえるように胸を囲んだ。

「どこへいくの」

音葉がきいた。

「決めていないけど、西へ向かうことにするわ」

円佳はハンドルをつかんだ。

「名古屋か大阪……」

音葉はからだを乗り出した。

円佳が運転する車は、木曽《きそ》川に沿って下り、中央自動車道に乗って名古屋市に着いた。空は白じらと明けてきた。関ヶ原《せきがはら》でひと眠りすることにした。
三、四時間、眠った。明るくなると陽の光がまぶしく、追いかけられているような気がした。サービスエリアで食事をして、おやつと水を買った。
琵琶湖《びわこ》を越えたところで、運転を音葉に代わった。彼女はハンドルをにぎるのは久しぶりだといった。

「京都で暮らすことにしない」

音葉がいった。

「京都か……」

円佳は気乗りしない返事をした。

「京都は、観光にはいいところだけど、住むところじゃないような気がするの。……それと、仕事をするには不向きな感じが」

円佳がいうと、助手席の音葉は、「そうね」と小さい声でうなずいた。

三人は京都のレストランで食事をした。亜矢は食欲がないといって、スープだけにした。

大阪で夜を迎えた。真夜中に川の近くでせまい駐車場を見つけた。見張りもないし防犯カメラも設置されていないのを確かめた。

円佳はドライバーをつかんで車を降りると、周囲に目を配った。トラックの横へしゃがんだ。他人の乗用車のナンバープレートをはずし、自分のプレートと交換した。ナンバープレートを盗まれた車の持ち主は、仰天して警察に通報するだろう。

「神戸へいこう」

大阪ナンバーの車に乗ると円佳がいった。彼女は音葉より一つ下だが、いくつか上で、世間を知っているように見えた。

「知り合いの人でもいるの」

音葉がきいた。

「知り合いはいないけど、商売をやりやすいような気がする。やってみないと分からないけど。……あ、大阪の医薬品会社の人を知ってる。松本の取引先へ出張できていた人」

円佳はポケットノートを開いた。医薬品会社の人の電話番号でもメモしてあるらしい。

「神戸で、先ず、三人が住むところを見つけなくては」

円佳はリーダーだ。瞳はいつもキラキラ輝いている。

「不動産屋へいくの」

音葉がきいた。

「不動産屋へはいかない。部屋をさがしているっていうと、いろんなことをきかれそうだから」

三人が住むところをどうやってさがすのかを、亜矢が円佳にきいた。

「マンションかアパートを見たら、空いている部屋があるかをきいて、家主と交渉する」

円佳は、三人で稼いで、お金が貯まったら、適当な場所で酒場をやろうといった。

神戸に着いた。当てもなく、広い道路を走って、港に着くと、海を眺めた。大震災のあと建てたビルが多いので、広い道路沿いのビルはどれもきれいに見えた。三人は元町駅近くの小さな中華料理店で食事を摂ると、神社の脇に車をとめて、眠ることにした。音葉はコンビニでカップの酒を二本買って、それを飲み干すと目を瞑った。酒を飲んで寝るのが習慣になっているようだった。

明け方、早朝マラソンをしている男性が車のなかをのぞいた。疲れきっているような顔の女が三人乗っていたので、驚いているような顔をした。警察を呼ばれそうな気がしたので、車を走らせた。

灘丸山《なだまるやま》公園の近くで、白い壁に緑の枠で囲んだ二階建てのアパートを見つけた。薄茶色のドアが八つ並んでいた。一階の端の部屋から出てきた女性に、空室がありそうかを尋ねた。二階の角部屋に住んでいた人が最近引っ越したので、空いていると思うと教えてくれた。家主は近くの菓子店だった。

円佳が家主に会った。五十歳ぐらいの主婦がにこにこして、「部屋を見てくださいい」といって鍵の束を持ってきた。円佳は、三人は姉妹だといった。大阪に住んでいたが、神戸に住みたくなったので、とうまいことをいった。

アパートの部屋は二部屋にキッチンに浴室だった。最近まで住んでいた一人暮らしの女性は、部屋をきれいに使っていたようだ。

主婦は三人に、いままでの職業をきいた。円佳が、自分と音葉は会社員で、亜矢は学生だったといった。

三人はそのアパートの部屋を借りることにした。家具はあとから届くことになっていると、円佳がまた嘘をいった。前家賃を払って契約書にサインした。三人そろって、カーテンと寝具と、掃除機と、炊事用具と食器を買いにいった。

寝具はすぐに届いた。三人は布団を並べて敷き、それに仰向けになって、腕も股も広げた。

ひと眠りすると、近間のスーパーへ食材を買いにいった。食材選びにも、調理にも円佳は慣れていた。音葉と亜矢は、円佳の手際のよさを口を開けて見ていた。

次の日はメリケン波止場へいき、神戸海洋博物館と神戸港震災メモリアルパークを見学して、神戸ポートタワーを仰いだ。三宮《さんのみや》センター街で食事をしながら、円佳は闇の仕事をはじめることを音葉に承知させた。

円佳が、大阪の医薬品会社に勤めている稲森《いなもり》という男を、神戸へ招ぶことにした。稲森は、松本へ出張でくるたびに円佳をホテルに招んでいた。五十二歳だというこ

とだがいくつも若く見えた。円佳が神戸にいると電話でいうと、

「そうか。じゃ今夜、神戸へいくよ」

といった。彼は神戸の地理に通じているらしく、ポートタワー近くの高層ホテルで会うことにした。稲森はまるで恋人に会うようないいかたをした。円佳からの電話がうれしかったらしい。思い返してみると、これまで円佳のほうから電話をしたことはなかった。いつも稲森のほうからで、「今夜の都合は」ときかれていた。

三人は三宮のしゃれた店で、身に着ける物を買った。殊に下着には気を遣った。

2

稲森はホテルのロビーにすわっていた。円佳を見ると立ち上がって笑顔を見せた。彼は茶色地に淡い黄色の縞《しま》のとおったスーツを着て、グリーンの花柄のネクタイを締めていた。

「このホテルの食事は旨いよ」

といわれて十二階のレストランへ入った。神戸港のメリケン波止場が真下に見えた。大型船が着いて、灯りが明滅している岸壁を人が蟻のように動いていた。

二人はワインを飲んで、厚い肉にフォークを刺した。円佳は三人で神戸へきたことを稲森に話した。三人がやる仕事については彼は分かっているはずなので、「これからお客さんを増やしていかなくてはならないの」と、相談をしかけた。彼はうなずいて、神戸市と周辺に住んでいる二、三人を紹介しようといった。紹介してもらった人からまた紹介してもらい、客を増やしていけると、忌憚《きたん》のない話し合いをした。この商売をあからさまに話し合えるのは彼だけだった。

「一年か二年やってみて、蓄えができたら、足を洗うがいい。そのときは、また相談に乗るよ」

食事のあと、彼とは部屋で二時間ばかり過ごして、タクシーでアパートへ帰った。

稲森に紹介されたといって、円佳に電話をよこしたのは、神戸市内に住む人と、芦《あし》屋《や》市の人と、宝塚《たからづか》市の人で、四十代後半と五十代の紳士だった。三人のうち二人を、円佳は音葉と亜矢に割り振った。

円佳は、宝塚市に自宅のある紳士の相手をすることにした。その人は水崎《みずさき》という姓で、船舶用の機械を製作している会社の社長だった。

円佳は、十月初めの冷たい風の吹く日の夕方、「水崎というものですが、稲森さんから紹介されました。お会いしたいが、どこへうかがえばいいですか」と、低い声できかれた。

彼女は神戸の地理に不案内だと断わって、ポートタワー近くの高層ホテルではどうか、といった。

「分かりました。あしたの午後六時にそのホテルのロビーで」

と、物腰の柔らかそうないいかたをした。稲森は円佳のことを水森にどう話したかは分からないが、たぶん、「いい女だ」ぐらいのことはいったにちがいなかった。

円佳は、「どうかいい人でありますように」と祈りながら服装をととのえた。どれを着ようかと迷うほど服を持っていないことが哀しかった。

音葉と亜矢がテレビを見ている部屋で、薄紫のワンピースの上にグレーの薄手のコートを羽織った。

「では、いってくるね」

円佳は、音葉と亜矢にいった。二人はこっくりをしたが、十九歳の亜矢は寂しげな目を向けた。

ホテルに着いた。広いロビーには三組の男女が話し合いをしていた。

角柱の陰に、新聞で顔を隠すような格好をしている男性がいた。円佳はその人の背中に近寄って声を掛けた。

「やあ」

といって振り返った紳士が水崎だった。細い目にメガネを掛けていた。円佳の全身を見るようにして、細い目に微笑を浮かべた。中肉中背で、紺のスーツだった。

彼は、食事をしようといってから、

「和食と洋食と、どちらがいいですか」

ときいた。円佳は迷わず、「和食のほうが」と答えた。

和食レストランの入口には［福《ふく》すぎ］という太字の札が出ていた。

水崎は、夕食の前には焼酎を湯で割って飲むといったので、円佳は、「同じもので」といった。温かい焼酎を一杯飲んだところへ料理が運ばれてきた。

「子持ち鮎の有馬煮でございます」

絣《かすり》の着物に紺の前掛けの女性がいった。

次に出てきたのは、雲丹《うに》と銀杏《ぎんなん》の松葉刺し。つづいて、松茸《まつたけ》とフォワグラソテー、焼き穴子《あなご》、長芋短冊。円佳は、料理の旨さをほめ、堪能したといい、アイスクリームで身を引き締めた。

水崎家は六代つづいていると彼はいった。初代と二代目は船頭で、三代目と四代目は船大工だったという。

少し赤い顔になった水崎と部屋へ入った。彼は柔らかく円佳の肌を撫でた。彼に、泊まっていってもいいといわれたが、午後十時過ぎにホテルの玄関でタクシーに乗った。

部屋を出るとき、彼は円佳の背中に、「また会ってください」といった。

アパートへ帰ると、音葉と亜矢は、腐った柿のように眠っていた。テレビはつけっ放しで、畳の上にビールの缶が何本も転がっていた。円佳はビールの空き缶を蹴《け》った。音葉が薄く目を開けた。その目は円佳を向いておらず、遠いところを見ているようで虚ろだった。

神戸へきて二年半が過ぎた。音葉は三十歳、円佳は二十九歳、亜矢は二十二歳になった。三人とも夜の稼ぎに専念して、ある程度の預金ができた。現金を自宅へ貯めておいた。その金で、阪神三宮駅から歩いて五、六分の場所でスナックを開くことにして、知り合いに名義を貸してもらった。

目当ての店は以前、年配の女性が独りでおでん屋をやっていたが、寄る年波に克《か》てなくなって、廃業したということだった。大工に頼んで、スナックの体裁をととのえ、

［キャスト］と名付けて開店した。三人は本名を隠した。音葉は祐里《ゆうり》、円佳は喜久代《きくよ》、亜矢はすみれ。——円佳がママをつとめることにして、近所の商店や飲食店へ挨拶《あいさつ》した。通行人が開店を知って、飛び込みで飲んでいってくれ、日を追うごとにサラリーマンが寄ってくれるようになった。三人は姉妹だと客に嘘をついた。三人はドレスなどを着ず、少しばかり洒落《しゃれ》た服装で、カウンターに並んだ。

日曜と祭日だけ店を閉めた。平日の営業は零時までとした。

三人は、「思いきって開店して、よかったね」と話し合った。

「お客さんは、ママがきれいだから、一緒に飲みたがるのよ。ママは会話が達者だし」

亜矢がいった。

「音葉の歌をききたくてくる人が、何人かいるわね」

円佳がいった。

「亜矢を誘う人が、いるでしょ」

音葉がキツい目をした。

どちらかというと口数の少ない音葉は、休みの日、窓辺に腰掛けてギターを抱き、小さな声でうたいながら、詞をつくっていた。つくった詞を書き直して、然るべきところへ送っていた。作詞家としてやっていける日を夢見ているようであった。

客のあいだでは、音葉の歌を、「プロ並みだ」とか、「情がこもっている」などと評判になっていた。

キャストを開店して半年ほど経ったころ、月に二、三度単独で飲みにくる二十七、八歳の体格のいい男がいた。最初は数人でやってきたうちの一人で、島津靖史《しまづやすし》という名だった。島津は陰気な性格ではと思うほど口数が少なく、カウンターへ肘《ひじ》を突いて音葉の歌を背中でききながら、目は亜矢を追っていた。

ある日、円佳は島津に酒を注ぎながら職業をきいた。

「公務員です」

「公務員というと、市役所にお勤めなんですね」

「県庁です」

彼は警察官のような答え方をしたので、円佳は一歩退いた。県庁ではどういう係をしているのかはきけなかった。彼女は島津がくるたびに彼を観察した。彼は亜矢に関心を持っているようで、円佳や音葉との会話は上の空だった。

亜矢は島津から好意を持たれているのを知っていた。会話のなかで彼に出身地をきいた。鹿児島市だと彼は出身地を口にして、「言葉に少し訛《なまり》があるでしょ」といった。

亜矢は島津に惹《ひ》かれたようで、休みの日に会って食事をする仲になったのを円佳は知った。

円佳は、男性とホテルで過ごす商売から足を洗ったわけではなかった。男性から亜矢が招ばれる日もあったが、彼女に恋人ができると、その商売はできなくなった。リーダーの円佳は機嫌をそこねた。中年男とのホテルでのデートを断わった亜矢を、にらみつけたこともあった。

「鹿児島へいってくる」

亜矢は一泊旅行を円佳に断わった。

「島津さんと一緒なのね」

「そう。桜島へいってくる。桜島を往復する船がしょっちゅう出ているんだって」

亜矢は円佳の腹の中を推し測ってはいないようにいった。神戸で見る海とは異なった海の色を想像しているふうだった。つい最近まで、頬から顎《あご》にかけての線に少女が残っていたのに、島津に心を奪われた彼女は、皮膚の色までちがって見えた。実の妹のように扱っていた亜矢が急に成長して、離れていくのを見ると、冷たい汗が額から頬に流れた。

亜矢は、島津と一緒に鹿児島へいき、彼の実家へ寄り、桜島へも渡ったといって帰ってきた。

「島津さんのお父さんは、なにをしている人なの」

円佳は亜矢にきいた。

「食堂なの。小さな店だけど、繁昌しているらしい」

その店を母親が手伝っているという。島津には姉が一人いて、市内に嫁いで、子供もいるときいたと、円佳がききもしないことを亜矢は話した。

音葉と亜矢が特定の男に惹かれて、自分からはなれていくのを、円佳は予想しなかったわけではないが、片腕のようにしていた亜矢を失う現実が差し迫っているのを知り、寂しさに身震いした。「夜の女に徹するのよ」「若いうちに、うんと稼いでおくのよ」と、亜矢には諭しておいたつもりだが、それは水の泡となって消えたようだ。

円佳は買い物に出た先で交番の前を通りかかった。交番にも前後にも人目のないのを確かめて、掲示板に近寄った。それまで交番の掲示板など見たことがなかった。目を向けると、なんとそれには倉木円佳と高梨亜矢の似顔絵が貼られていて、「松本市の男性刺殺事件容疑者・全国指名手配」と、太字が躍っていた。警察は二人の写真を入手できなかったので似顔絵にしたらしいが、自分の顔には似ていなかった。亜矢については、「身長一五二、三センチで丸顔。黒い鍔のある帽子をかぶることがある」ともしてあった。

その横には「このナンバーの車を見かけたら警察へ連絡を、として大阪300い／03×」と書かれていた。円佳が夜の大阪の駐車場で盗んだナンバープレートだ。現在もそのナンバープレートを付けたゴスペルで、彼女は神戸の街を走っている。

「危ない。今夜にでも遠方へ出掛けて、べつの乗用車のナンバープレートを失敬して、取り替えなくては」とつぶやき、掲示板に向かって唾を吐いた。

3

亜矢が島津と一緒に鹿児島へいってきた二か月後の午後十時過ぎ、島津が冴えない顔をしてキャストへやってきた。いつもの彼は、ビールを一杯飲んでからウイスキーの水割りにするのだが、ビールを一口飲んだだけで黙りこくっていた。

亜矢が彼に、「どうかしたの」と、声を掛けた。

「おやじが倒れた」

「えっ、鹿児島のお父さんが……」

「さっき、母から電話があった。おやじを入院させたといって」

「病院へいかなくちゃ」

「あした、いくつもりだ」

「お父さんの病気、重症なの」

亜矢がきくと、島津は、詳しくは分からないというふうに首を曲げた。

父親が入院したというのに、すぐに実家なり病院へ駆けつけない島津を、円佳は亜矢の横から観察した。

彼は、亜矢と一緒になりたいのではないか。父親の病気の見舞いに亜矢を伴っていきたいのではないか。

二か月前に、島津は亜矢を連れて実家へ寄った。彼女を家族に紹介した。両親は亜矢を見て好感を抱いたにちがいない。

きょう倒れたという父親の症状は重いのだろう。島津は父が目を開けているうちに亜矢を見せておきたいようだった。

島津はビールのグラスをつかむと亜矢の顔をじっと見て、

「あした、一緒に鹿児島へいってもらえないだろうか」

ときいた。彼のその瞳は、涙をためているように光っていた。

亜矢は円佳のほうを向いた。亜矢は島津に付いて鹿児島へいったら、神戸へはもどってこないのではと円佳は想像した。

円佳は、音葉のほうへ首をひねった。音葉は二度三度、うなずいた。その目は、島津と一緒に鹿児島へいかせてあげてといっていた。

島津はビールを飲んだだけで椅子を立った。亜矢は彼の後を追ってドアの外へ出ていった。あしたの打ち合わせをしたらしく、五、六分でもどってきた。

翌朝、円佳と音葉が寝ているうちに亜矢は起き、着替えを押し込んだバッグを提げてから、

「じゃ、いってくるね」

と、布団の上にすわった円佳にいった。

「気をつけてね」と円佳はいってから、あらためて、「どこへいっても、目立つことはしないでね」とにらみつける目をして念を押した。

音葉は円佳の後ろで、亜矢に向かって手を振った。

玄関のドアを閉める音がした。円佳は寒気を覚えて腕組みした。これまでの亜矢の行動については監視を怠らなかったつもりだが、たったいま、亜矢は円佳の視野から

消えたような気がした。その不安が背中を這っていた。松本市の夜の中心街の灯が頭のなかに広がった。その灯が矢になって目を刺してくる錯覚にしばらく怯《おび》えた。

亜矢が島津と一緒に鹿児島へいった五日後の夕方、亜矢が円佳に電話をよこした。

「けさ、島津のお父さんが亡くなったの」

亜矢は密やかないいかたをした。

「まあ、お気の毒に。病気は重たかったのね」

「前から、血圧が高かったらしいの。入院してからは、ほとんど話ができなかったようなの」

「いくつだったの」

「五十四歳だって」

「あんたは家族じゃないので、香典を差し上げるのよ」

「そう思って、いま、文房具屋さんへきたの。黒い字で御霊前と、御仏前っていう袋があるけど、どっちを買えばいいの」

「ご霊前のほう」

「いくら入れればいいの」

「一万円」

次の日も亜矢は円佳に電話をよこした。

「あした、お父さんのお葬式をすることになったの」

どんな服装をしていけばいいのかを亜矢はきいた。

「あんた、黒いスカートか黒いパンツを持ってるの」

「黒いのはない」

「デパートへいって、黒いスカートと飾りのない白いシャツかブラウスを買いなさい」

円佳は斎場で、島津靖史の横へ並ぶのだろうか。彼には親戚があるだろう。親戚の人たちは靖史の妻かと亜矢を見るような気がする。

島津の父の葬儀がすんでも、亜矢は神戸へ帰ってこなかった。帰ってきたのは島津だけで、彼は県庁を退職し、両親がやっていた食堂を継ぐことにしたのだと、キャストへやってきて、円佳と音葉にいった。

「亜矢はどうしているの」

円佳が島津にきいた。

「食堂で、母の手伝いをしています」

「島津さんは、亜矢と結婚するんですね」

「そのつもりです。亜矢は食堂の仕事が面白いといってますし、母がいうには、料理をつくるのが上手いようです」

かつての亜矢は、松本でレストランに勤めていた。だがそのことを円佳は口に出さなかった。

島津の母は、亜矢に、どこの生まれで、親や兄弟はどこにいるのかをきくだろう。亜矢は、神戸で島津と知り合ったことは話すだろうが、それ以前はどこでなにをしていたのかを、どんなふうに話すのか。過去を正直に話すことはできないだろうから、嘘をつく。ときには辻褄《つじつま》の合わないことが口から滑り出すかもしれない。

島津の母親はどういう人なのか。もしも亜矢が過去のことも、親についても、一切口にしなかったとしたら、彼女は亜矢の素性を疑うようになるかもしれない。若い亜矢に鎌を掛けて歩んできた道のりをきこうとする。亜矢は、男のもとへ奔った母親に置き去りにされた子だったのを話すだろうか。松本市内のレストランに勤めているあいだに、倉木円佳という世慣れた女の目にとまって、夜の裏街道を歩いていたことを打ち明けるだろうか。

いや、それはだれにも話すまい。もしも知られたとしたら、島津の妻になるどころか、鹿児島にはいられなくなるだろう。

兵庫県庁職員を辞めて鹿児島へもどった島津は、父親の跡を継いで食堂経営に専念することになったと、亜矢は円佳に電話で伝えた。

「あんた、島津さんと結婚するんでしょ」

円佳がきいた。

「そういう話は、まだしていない」

亜矢はいくぶん寂しげな声を出した。

「島津さんの食堂は繁昌しているの」

「お昼は毎日、満席。席が空くのを待ってるお客さんもいるのよ」

「いいわね。あんたは島津さんの家へ住み込んでいるんでしょ」

「まだ結婚していないのでって、島津のお母さんにいわれて、自宅近くのアパートに住むことになったの」

「お母さんから結婚の話は出ないの」

「わたしは、島津のお母さんと彼のお姉さんに観察されているような気がする」

「どうしてかしら」

「わたしには、親も兄弟もいないって話したからだと思う」

「靖史さんは、どういっているの」

「彼は、お母さんの意見にしたがっているらしい」

「気に入らないことがあったら、切りをつけて神戸へもどってきな。亜矢はどこへいったのかってきくお客さんが、何人もいるのよ」

亜矢の背後でゴーという音がした。なんの音なのかと円佳がきくと、台風のような雨と風が窓を叩いているのだといった。彼女は孤独の寂しさを抱いて、窓の揺れに怯えているようでもあった。

何か月か前、亜矢は円佳に、『わたしを置いて家を出ていった母に会いたい』といったことがあった。『なぜわたしを棄てたのかなんて責めるつもりはない。ただ、会うだけでいい。実の母だと実感できれば、それでいい』と、遠くの星を見ながらいったことがあったのを、円佳は憶えている。

音葉も、亜矢と同じ望みを抱いていそうだが、それを口に出したことはない。情が薄いのか、それとも子を棄てて、男のもとへ奔る女を、心の底から軽蔑《けいべつ》しているのか。

亜矢が鹿児島へいって半年が過ぎた曇った日の夕方、なんの予告もなく亜矢が、キャストへあらわれた。バッグを持ってはいるが服装は普段着だった。開店の準備をしていた円佳と音葉は、亡霊のように立っている亜矢を見て声を失っていた。いい報せを持ってきたのでないことは一目で分かった。

円佳は、駆け寄って亜矢の手をにぎった。その手の冷たさは、生きている人とは思えなかった。

音葉は背後から亜矢を抱きしめた。亜矢は片方の目から一粒だけ氷の固まりのような涙を落とした。

円佳は亜矢を椅子にすわらせた。

「島津さんには断わってきたのね」

亜矢はうなずいた。

「神戸へ帰りますっていったら、お母さんは、そうっていっただけ」

「靖史さんは、なんていったの」

「車で出掛けていた。わたしが出ていくのを見たくなかったのだと思う」

「靖史さんには、神戸へもどることを伝えていたのね」

「前の日に」

「はっきり、別れるって話したのね」

「この家には、不向きな女だと思ったのでって話したわ」

「あんたは、島津さんのお母さんに気に入られなかったのね」

「そう。お母さんは何回も、わたしの生い立ちや親のことをきいたの。そのたびに父も母も、わたしが幼いときに死んだって嘘をついたの。お母さんはわたしの話を信用しなかったらしく、どこかに頼んで、わたしの生い立ちなんかを調べていたらしい」

亜矢はそれを知ったので、別れることにした、といった。

「靖史さんは、あんたを守ってくれなかったのね」

「彼は、お母さんのいうことを、なんでもきいている人だったの」

「あんたは、ずっとアパート住まいをしてたのね」

「そう。テレビもない部屋に……」

島津母子と一緒に働いているのに、亜矢は独りぼっちにされているような寂寥《せきりょう》感を抱きつづけていたようだ。

「以前と同じように、一緒に仕事をしよう。亜矢がもどってきたのを、よろこんでくれるお客さんもいることだし」

円佳は、亜矢の背中をひとつ叩いた。

4

亜矢がもどってきたからか、キャストは繁昌した。三人姉妹がやっている店を珍しがる客もいたし、音葉のうたう演歌にうっとりしている客もいた。

亜矢は元気を取りもどし、客と一緒に歌をうたう日もあった。

暴風のように強い風に雨がまじりはじめた日、客は二人しかこなかった。キャストにしては珍しくヒマな夜で、歌をうたう人もいなかった。

午後九時をまわったところへ、コートの襟を立てた四十半ばぐらいに見える中背の男がやってきた。初めての客だった。その客はコートを脱いでカウンターへ肘を突くと、冷たいビールを飲んだ。グレーのシャツを着てネクタイは締めていない。円佳は笑顔をつくって、「お仕事、お忙しいのですか」ときいた。客は彼女の言葉がきこえなかったように、店内を見まわした。

「以前ここは、おでん屋でした」

と、円佳の顔を見ながらいった。

「そうらしいですね。お客さんは、おでん屋さんへはよくおいでになっていらしたんですね」

「よくというほどではないが、何度かきたことがありました。歳をとったおばさんが一人でやっていましたけど、繁昌しているようでしたよ」

「お客さんの会社は、この近くなんですね」

「いや、この近くに取引先があったのでね」

客はビールを二杯飲み干した。円佳が三杯目を注ごうとすると、ウイスキーをお湯で割ってくれといった。話す声は低いが目は異様なほど光っていて、なんとなく陰気な性格に見えた。その客は何度もボックス席を振り返った。

「こちらは三姉妹でやっているそうですね」

だれかからきいてきたらしい。

円佳は、「そうです」といって、薄めの水割りを注いだグラスをにぎった。

「ほんとの姉妹ですか」

なぜそれをきくのかと円佳は身構え、

「はい」

と、小さい声で答えた。

「神戸の人じゃないですね」

嫌なことをきく客だ。円佳は答えなかった。

この男は、キャストをやっている三人の女性のことを、どこからかで耳に入れてきたのではないか。

「お客さんは、神戸の方ですか」

「西宮《にしのみや》です。……あなたがママなんですね」

なんだか身元を調べられているような気がした。円佳は声を出さず、首でうなずいた。

男は酒が強いらしく、お湯割りを三杯飲んで、「勘定」といって立ち上がった。

「寒いので、お気をつけて」

円佳は客の背中にいった。男はコートの襟を立てて出ていった。彼女は男がきいたことを反芻《はんすう》した。油断ならない客だと思った。

円佳が油断ならない客とみた男は、一週間後の午後九時に同じ服装でキャストへやってきた。

客は六人入っていて、ボックス席で歌をうたい、音葉にうたわせて拍手していた。

男が捨てるように脱いだコートを、円佳がハンガーに掛けた。コートの裏をちらりと見ると「北山《きたやま》」というネームが入っていた。

円佳は、再度きてくれたことに対しての礼をいった。北山という姓らしい男は、カウンターに肘を突くとビールをオーダーした。

「なんてお呼びしたらいいのかしら」

「北山です。あなたは」

「喜久代です。古風な名でしょ」

「いや、いい名前です。信州の松本には柳沢《やなぎさわ》喜久代さんという有名な小説家がいます。私は女流の小説をあまり読まないが、柳沢喜久代さんの作品だけは、新作が出るたびに読んでいる」

北山は松本の地名を口にした。円佳の背中に電気が走った。北山は円佳に地名をきかせるために、小説家の名を口にしたのではなかろうか。

「松本市には国宝の松本城がある。人口は二十四万人ぐらいらしいが、中心街を見ると、もっと人口は多そうだ。上高地へいく観光客や登山者もいるからだろうね」

北山は、松本市を強調するような話をした。円佳に対して松本市を何度も口にしたら、冷や汗を流すのではという意図があるような気がする。姉妹だといっている三人が松本に住んではいたが、ある事情から住んでいられなくなって、遠くはなれた神戸へたどり着いたのを、北山は知って喋っているようにも思われる。

北山は、ひょっとしたら、だれかの回し者なのかもしれない。考えられるのは、鹿児島の島津家だ。亜矢と一緒になるはずだった島津靖史の母親は、亜矢の生い立ちを調査機関にでも依頼してさぐっていたのではないだろうか。その結果、母親に棄てられた子であり、成長してからは怪しいことを仕事にしていたのをつかんだ。母親は、息子の嫁には相応《ふさわ》しくないと踏んだのだろうか。

「喜久代さんは、松本へいったことがありますか」

北山はグラスをにぎってきいた。

円佳は、どう答えようかと一瞬迷ったが、

「ありません。いいところだと人にきいたことはあります」

「そう。一度、いってみるといい。冬は寒いけど、きれいな街ですよ。街のあちこちには、水を飲むことのできる井戸がある。秋は並木にされているナナカマドが、火が点いたような色になる。最近は音楽の郷《さと》ともいわれて、著名な音楽家の指揮での演奏会が開かれている」

「北山さんは、松本にお住みになったことがあるのですか」

「いや、住んだことはない。何度かいったことがあるので」

彼は何度もボックス席のほうを振り向いた。

「北山さんのお名刺をいただけないでしょうか。お客様からはいただいています。節目、節目にはご挨拶状を差し上げることにしていますので」

北山は上着の内ポケットに手を入れて、黒革のケースを取り出した。が、

「あ、いけない。名刺を切らしていた。この次に」

といって、ケースをポケットにしまった。なんとなくわざとらしく見えた。

北山は西宮市に住んでいるといっていたが、言葉には関西訛がない。もしかしたら松本にいる人なのではないか。調査機関の人かもしれない。単独で飲みにきたのだから警察官ではなさそうだ。円佳はカラオケでうたっている客の酒をつくっていたが、北山の顔を盗み見ながら、近づいてくる固い足音をきいていた。北山に心の動揺を気取られぬように、薄い酒を唇にかたむけた。

北山は一時間あまりいて、ウイスキーのお湯割りを三杯飲むと、「帰ります」と告げた。料金を払う手の動きを円佳は見ていたが、心の揺れのようなものはあらわれていなかった。彼が調査機関の人だとしたら、長年にわたって人の裏側をさぐって、隠していたモノを掘り起こしてきたベテランではないだろうか。

彼は古びたコートを着て襟を立てると、「じゃあ、また」といって、手を挙げて出

ていった。

ボックス席にいた音葉がカウンターへ駆け寄ってきた。

「いま帰ったお客さん」

音葉は胸に手をあてた。「何年か前、松本の紫へきたことがあったような気がするの」

「空似では」

円佳は北山が出ていったドアを向いた。

「そうかもしれないけど……」

音葉もドアに目をやった。

二人の眉間には、黒い筋のような縦皺が彫られた。

「今度きたら……」

円佳はいいかけた言葉を呑み込んだ。

円佳はそれから毎日、北山という男の来店を待った。彼にききたいことがいくつかあった。彼の正体を知りたかった。もしも危険な人物だと分かったら、方向転換を考えねばならなかった。

第八章　赤い石

1

二日つづきの雨の日の夕方、松本署の刑事課で、三船課長と道原伝吉は、額を突き合わすような格好をして話し合っていた。そこへ一本の電話が入った。電話をしてきたのは、市内惣社のマンションに住んでいる上条貞彦。元中学校教師をしていた七十九歳。

「何日か前から、道原さんにお話ししようかどうしようかを迷っておりましたが、私も歳をとりましたので、いまのうちにお話ししたほうがと思いました」

上条は、枯れ木を風が揺すっているような声でいった。隠し事を告白するといっているようだ。

道原は、「これからお宅へお邪魔します」

といって、吉村を手招きした。

「上条さんが、重大なことを、話したいといっている」

「重大なこと。なんでしょう」

道原と吉村は車で、市内の中心街を抜けた。

マンションの部屋へ入ると、妻の悦子がすぐにお茶を出した。エアコンが温風を送っているのに、上条の足元では電気ストーブがオレンジ色の光を放っていた。

「半年ばかり前のことです」

上条は、すし屋からもらってきたような大きい湯呑みを両手で包んだ。

「大阪の探偵事務所の調査員が訪ねてきました。北山という四十代半ば見当の男です」

「名刺を受け取りましたか」

「いや。身分証明書を見せただけです」

「その証明書には、所属している事務所名が載っていたでしょうね」

「ありました。共映《きょうえい》探偵事務所です。たしか、大阪市北区となっていました。大事なことと思ったので、メモしたのを憶えています」

吉村は、上条のいうことをノートに書き取った。

「北山という人はまず、『こちらさまには以前、倉木円佳という女性が、家事手伝いとして勤めていましたね』とききました。それをどこできいてきたのか知りませんが、私と家内は、たしかに倉木円佳は勤めていたと答えました。……北山という人は、円佳の働き振りや、何時から何時まで勤めていたかをききました。円佳は、なにをやっても手際がよくて、料理が上手でしたと答えました。……私たちは市内の深志に住んでいたのですが、家が火事になって、それは放火でした。それまで円佳はわが家に住み込んでいました。家を焼かれた後、円佳は、里山辺のアパートへ移って、ここへ通勤していましたと、ありのままを話しました。……北山という人は、円佳が夜間にやっていたことを知っていたかとききました。夜間のことなど知らないので、なにかアルバイトのようなことでもしていたのだろうとは思っていたと話しました。……北山という人は、円佳が夜間にやっていたことを知っているようでした。……私が関心を持ったのは、どこのだれが調査を頼んだのかということでした。それをきくと北山という人は、『依頼人を教えることはできないが、鹿児島の人です』とだけ答えました。円佳には鹿児島に知り合いでもいたのでしょうか。彼女から鹿児島のことなどきいたことはありませんでした」

上条は、頭の後ろで手を組むと、目を瞑った。円佳の働いていた姿でも思い出しているようだ。

「円佳には、なにがあって急にいなくなったのか。悩んでいることでもあったら、話してくれればいいのに……」

「円佳さんがいなくなったあと、家事手伝いの人を雇いましたか」

道原がきいた。

「いいえ。円佳さんのように気が利くし、料理の上手な人なんぞ、いないと思いまして、だれも雇っていません」

悦子が答えた。

「大阪の北山という調査員は、倉木円佳さんのことだけを調べていたようでしたか」

道原は首をかしげた。

「それは分かりません。北山という人は、円佳のことしかききませんでしたので」

上条は目を瞑ったまま答えた。

倉木円佳と同じように、松本から突然姿を消した女性が二人いる。滝本音葉と高梨亜矢だ。その二人は円佳と行動を共にしていることが考えられる。三人は同じ日から消息を絶ち、手にしていたスマホを捨てている。

道原は、上条夫婦と向かい合っているうちに大阪へいくことを思い立った。大阪市北区の共映探偵事務所を訪ねる。北山という調査員が担当していた松本市の倉木円佳の身上調べを、探偵事務所に調査依頼したのはだれかを知る必要がある。探偵事務所は調査依頼人を明かさないのが原則だろうが、重大事件捜査のためだといって、聞き出すことを思いついた。念のために令状を持参することにする。

道原と吉村は、上条夫婦に連絡をくれたことに対しての礼をいった。上条は思い付いたというように、弟がようやく家を建ててくれたので、引っ越しをする。ヒマがあったら新しい家を見にきてください、といった。

署にもどると課長に、緊急捜査の令状を出してもらうことを頼んだ。

「共映探偵事務所に、倉木円佳の身上調査を依頼したのは鹿児島の人だったのか。北山という調査員のいったことが事実だとしたら、鹿児島の人と円佳は、どういう関係なのか」

課長はペンを持って首をかしげた。

「円佳は、音葉と亜矢と組んで、鹿児島へ高飛びしたんじゃないでしょうか。……鹿児島である人と出会った。ある人は三人の女性の素性を詳しく知る必要を感じたので、調査機関を使った、ということでは」

道原がいうと、課長は、そうだろうというふうに首を動かした。

道原と吉村は、またも旅に出る準備をした。大阪へ向かって、共映探偵事務所を訪ねる。そこで聞き込んだ事情によっては、鹿児島へ向かうことにした。

翌朝、道原と吉村は名古屋行きの特急に乗った。二時間あまりだ。二人とも朝食は列車内での弁当だった。

「刑事になって、数えきれないほど列車で遠方へ出掛け、そのたびにこうやって駅弁を食べてきたが、最近の弁当は旨くなった」

道原は筍《たけのこ》を嚙《か》みながらいった。

「以前は、おいしくなかったんですね」

「冬の北海道のある駅で買った弁当は、凍っているように冷たかった。食堂で食べる時間がなくて、三日間、駅弁だけの出張をしたこともあった」

名古屋で新幹線に乗り継いで新大阪で降りた。

共映探偵事務所は北区梅田《うめだ》の灰色の小さなビルの二階にあった。窓ぎわの席で男が電話を掛けていた。所長は赤城《あかぎ》という姓の五十歳ぐらいの痩《や》せた男だった。

道原は赤城に名刺を渡した。

「こちらには、北山さんという調査員がおいでになりますね」

「おります。北山誠《まこと》です。……北山がなにか」

所長はさぐる目をした。

「半年ほど前ですが、北山さんは松本で、ある夫婦の住まいを訪ね、以前、その夫婦の家事を手伝っていた女性のことを、詳しくききました」

「半年ほど前……」

所長は額に手をあてて考え顔をした。

「家事手伝いをしていたのは、倉木円佳という名で、当時二十六歳でした」

所長は思い出せないらしく、応接室を出ていった。十分ほど経って、小さなメモ用紙のような物を持ってもどってきた。

「似たような調査があるので、思い出せませんでしたが、北山が松本市へいった記録はありました」

「被調査人は、倉木円佳だと思いますが、その調査をこちらへ依頼したのは、だれでしたか」

道原は所長の顔をにらんだ。

「それはお答えできません。たとえ警察に対しても依頼人は教えられない。それが探偵事務所の鉄則です」

道原は捜査令状を見せた。

「そういうモノを出しても無駄です。依頼人の秘密を守るのが仕事です。お引き取りください」

所長は二人の刑事を追い払うように、紙をひらひらさせた。

道原と吉村は引き下がるよりなかった。忌々しかったがしかたない。気骨のある所長に負けて頭を下げた。

ビルを出ると吉村が、ここへきた甲斐がなかったといって、地面を蹴《け》った。

「諦《あきら》めるな。べつの方法がある」

「どうするんですか」

「北山誠を張り込むんだ」

探偵事務所が入っているビルの隣は、赤レンガ造りの病院で、出入口には自転車が何台もとめてあった。反対側はオフィスビルで、その前には車が三台とまっていた。

道原と吉村は、とめてある車のあいだへ入って、灰色のビルの出入口を監視することにした。

陽が傾いた。ビルの上階に冬の陽がとどまっている。烏《からす》と思われる黒い鳥が二羽、頭の上を通過した。

張り込みをはじめて一時間半、病院の前へグレーの車がとまり、黒い鞄《かばん》を持った中背の男が助手席から降りた。その男は肩凝りを治すように腕をまわすと、灰色のビルへ入ろうとした。道原はその男に駆け寄り、「北山さんでしょうか」ときいた。男はぎろりとした目を向け、

「北山だが」

といって、道原と吉村を見比べた。道原はすぐに身分証を見せた。

「警察……。なんですか」

と、瞳を光らせた。

「あなたにききたいことがあります」

道原はそういって捜査令状を見せ、病院の入口を指差した。とめてある自転車のあいだへ入って、

「半年ほど前のことですが、あなたは松本市へいって、上条という名の夫婦を自宅へ訪ねましたね」

「上条……」

北山はその名を繰り返していたが、

「たしか七十代の夫婦だった」

といった。

「あなたは、その七十代の夫婦に、家事手伝いをしていた倉木円佳という二十代の女性のことをきいた」

道原が一歩近寄ってきくと、北山は瞳をくるりと回転するように動かしてからうなずいた。

「倉木円佳に関する調査を、依頼したのは、どこのだれでしたか」

「依頼人がだれか……。それは教えられません」

「秘密事項だということは承知しているが、重大事件がからんでいることが考えられるので、どうしても知らなくてはならない。教えてください」

北山は眉間をせまくして、ポケットに片方の手を入れた。横を向いたり、うつ向いたりしていたが、

「鹿児島市の人です」

と、小さい声で答えた。

「鹿児島市の人。……名前は」

「私が喋ったといわないでくださいよ」

「分かっています。名前は」

「島津という人。たしか中年の女性でした」

北山の答えたことを吉村が書き取った。

「上条さんにも、倉木円佳さんの調査を頼んだのはだれかって、きかれたような憶えがあります。事務所が請けた調査なので、私は知らないと答えました」

「調査は事務所、つまり所長が請けた。それなのに、あなたは依頼人を知っていた。なぜですか」

「調査結果を報告書にまとめて送ったあと、鹿児島から依頼人の女性がやってきたんです。報告書を読んだが、もっと詳しく知りたいことがあるといって。……その女性は食堂を経営しているといっていました」

北山は腕の時計に目を落とした。

「ありがとう。あなたからきいたことは口外しない」

道原と吉村は、北山に頭を下げた。

2

道原と吉村は、鹿児島へ飛んだ。薄陽があたっていて、大阪よりずっと暖かかった。桜島《さくらじま》が間近に見えた。山頂からの薄い煙が南のほうへ流れていた。吉村は、鹿児島は初めてだといって、海に浮かぶ奇妙な色をした島を眺めていた。

島津姓の人がやっている食堂は、鹿児島市役所に比較的近い名山町《めいざん》にあって、「名山食堂」という大きい看板を屋根にのせていた。

二人の刑事はしばらく名山食堂を出入りする客を見ていた。午後一時をすぎると、食堂は空《から》になったようだった。従業員らしい若い女性が出てくると、店の前に止めてあった自転車に乗って出ていった。

店へ入って、「ご免ください」と奥へ声を掛けた。「いらっしゃい」と、女性の声が返ってきた。店内にはテーブル席が六つあった。

道原が調理場へ向かって、客ではないと告げた。木目の浮いたドアが開いて、五十代も後半と思われるエプロン姿の女性が出てきた。

道原が、長野県警松本署の者だといって、身分証を見せた。

「松本署……」

女性は丸い目をしたが、すぐに表情を曇らせた。

「お仕事中、申し訳ありません。うかがいたいことがあって」

と、道原がいうと、女性は調理場の奥へ招いた。食堂の人が事務か食事をするテーブルのようだ。

道原の正面にすわった女性は、食堂の主人で、島津はるみだと名乗った。彼女の後ろに三十代と思われる男が立ち、息子の靖史だといった。二人はオドオドしているように手を動かした。

「半年ほど前のことです。島津さんは大阪の探偵事務所に、ある調査を依頼しましたね」

道原は、はるみと、立っている靖史の顔にきいた。

はるみは険しい目をしたが、「頼んだことがありました」と、低い声で答えた。

「調査を頼んだ目的はなんでしたか」

「長野県の松本市にいたある女性の素性などを、知る必要があったからです」

「ある女性は、倉木円佳という人ですね」

「いいえ、高梨亜矢という人です。その女性のことに通じている人が、上条という夫婦の家で家事手伝いをしていた倉木円佳だったのです」

「高梨亜矢……。なぜ、高梨亜矢の身辺を知る必要があったのですか」

「靖史が好きになった人だったからです」

「靖史さんは、松本で高梨亜矢と知り合ったのですね」

道原は、母親の背後に立っている靖史の顔を仰いだ。

「いいえ、神戸です。私は以前、兵庫県庁に勤めていました。同僚と飲みにいった店に亜矢が勤めていました。小柄で気立てのよさそうな女性だったし、私の印象に残った人だったので、その店へ通うようになりました」

「神戸といいましたね」

道原は靖史にきき返し、吉村と顔を見合わせた。

「はい、神戸です」

「神戸のどこですか」

「阪神三宮駅の近くです」

「店の名は」

道原の声が少し高くなった。

「キャストというスナックです」

顔立ちのいい女性が三人で店をやっていた。亜矢は三人を姉妹だといっていた、と靖史はいった。

「私が県庁に勤めているうちに、父が亡くなりました。母に、県庁を辞めて食堂を継いでくれといわれ、その通りにしました。私は亜矢を失いたくなかったので、ここへ招ぶことにしました。やってきた亜矢は母に教えられて働いてくれましたけど、母には気に入られませんでした。なぜかというと、彼女の両親は彼女が幼いころに亡くなったといっていましたが、どこで、どんな病気かなどをきくと、しどろもどろで、なんとなく嘘をついているようでした。……そこで母は亜矢の生い立ちや経歴を知るために、大阪の探偵事務所に調査を頼みました」

靖史はそこまで話すと、椅子を引きずってきて、それに腰掛けた。

「半月ほど経つと、調査報告書が送られてきました。それによると、亜矢の父親は交通事故で亡くなり、母親は彼女を置き去りにして、好きな男性の許へ奔ったことが分かりました。……亜矢は高校を中退すると、松本市内のレストランに勤めたようでした。真面目に働いていたようでしたが、ある女性と知り合うと、レストランを辞め、怪しげなことをしていたようでした。そういうことが分かったので、母は彼女に冷たく当たるようになったし、私も、亜矢を妻にすることはできないと決めました」

道原は腕組みをして三、四分黙っていた。

はるみは道原の前にお茶を置き、立っていた吉村には椅子をすすめた。

「あなたが何度か飲みにいったというキャストという店ですが、そこには女性が三人いた。三人の名をきいたことがありましたか」

道原が靖史の顔にきいた。

「亜矢は、すみれという名を使っていて、ママはたしか喜久代。もう一人は祐里と名乗っていたと思います」

「その店の景気は」

「いついってもお客は何組も入っていました。三人ともおしゃれできれいでした」

道原は、キャストという店の場所をあらためて靖史に確認すると、「邪魔をした」といって椅子を立った。


名山食堂を出ると、道原が三船課長に電話した。神戸市の阪神三宮駅の近くに「キャスト」というスナックがある。その店をやっているのは、倉木円佳と滝本音葉と高梨亜矢らしい、と報告した。

「円佳たちは神戸にいるのか」

課長は叫ぶような声を出した。すぐに所轄署に連絡して三人の氏名を確認してもらおうと課長はいった。

「その確認は、ちょっと待ってください」

「伝さんがやりたいんだな」

「そうです。三人の顔をよく見たい」

長身ではないが、均整のとれた倉木円佳を思い浮かべた。

「伝さんは、倉木円佳に会ったことがあるんだろ」

「あります」

「じゃあ、女が三人いるかの確認は所轄にやらせる。阪神三宮駅の所轄は生田《いくた》署だ。所轄に連絡して、確認を慎重にやってもらってくれ」

課長は、「慎重に」を繰り返した。

道原と吉村は神戸へ移動して、生田署を訪ねた。受付係に、刑事課で相談したいことがあると告げた。

刑事課へ案内されると、五十歳見当の課長が立ち上がった。窓ぎわの応接セットで名刺を交換した。

阪神三宮駅の近くにキャストというスナックがあると、道原が切り出した。道原の説明を次長がメモした。

その店には女性が三人いるらしい。その三人は松本市から流れてきたものだとにらんでいる。三人のうち二人は、松本市内で発生した殺人事件に関わっていると思われる、と道原は話した。

「殺人《コロシ》に……」

課長と次長は同時につぶやいた。

「私は、三人のリーダーと思われる女性に会ったことがあります。ですので、私が店へ踏み込んだら逃走するかもしれない」

課長は道原の意図を呑み込み、客の振りをした捜査員に三人の女性の氏名や容姿を確認させるといった。


道原たちは、キャストの近くにとめた生田署の車に乗っていた。

キャストへは、四十代の捜査員二人が客に化けて入った。初めての客だから店の女性たちは、二人の男の正体を確かめようとしただろう。

二人の捜査員は一時間あまりして、少し顔を赤くして道原たちがいる車に乗った。

「客は二組入っていました。一組の二人はカウンターにいましたが、私たちが入るとボックス席へ移りました。客は合計六人ですが常連のようでした」

ボックス席の客には店の女性が二人ついていた、と中塚《なかつか》という髭の濃い捜査員がいった。中塚と筒井《つつい》の両名はカウンターに肘を突いて、ビールを飲んだ。

「カウンターの中にいたのは、三十歳ぐらいの喜久代という人で、ちょっとキツい目をした器量よしです。その女性がボックス席の客の酒をつくったり、横を向いたところを、盗み撮りしました」

中塚が、カメラのモニターを道原と吉村に向けた。

「倉木円佳だ。間違いない。少し老けたようだが」

道原がいうと、吉村がうなずいた。

「よし。閉店になるのを待とう」

「今夜、捕《と》りますか」

「客が出払ったら」

筒井が署に電話を入れた。「女性を三人連行する」と伝えた。署では女性警察官を少なくとも三人、現場へ向かわせるだろう。

午後十時、キャストからは客が二人出てきた。その二人を円佳がドアの前で見送った。

午後十一時十分。キャストから男が四人出てきた。四人とも足元が怪しい。一人が体格のいい男の肩につかまった。酔っているのだ。店からは女性が二人出てきた。音葉と亜矢だろう。二人は、ふらつくようにして歩く四人の男たちの背中に手を振った。

女性警官が四人、車で到着した。四人の瞳はキラキラと輝いていたが、不機嫌のように押し黙っている。

客が出ていって十五、六分するとキャストの灯が薄くなった。後片付けがすんだようだ。

ドアは施錠されていなかった。店内へは吉村が入り、つづいて道原が踏み込んだ。薄暗くした店内で三人の女性は着替えをしていた。二人の背中を押すように女性警官四人と一緒に中塚と筒井が入ってきた。

店の三人は着る物を手にして、棒を呑んだように立ちつくしていた。音葉は黒いジャケットを両手でつかんで、前を隠した。

「しばらくだね」

道原が音葉の後ろに立っていた円佳にいった。彼女は大きい目を丸くした。その目は道原を恨んでいた。亜矢は、脱いだ物を抱えてしゃがむと、背中を波打たせた。

三人に着替えをさせると、べつべつの車に乗せた。先頭の車に乗せられたのは亜矢だった。女性の警官が亜矢の背中を押した。と、そのとき、円佳の口が動いた。

「亜矢、亜矢ちゃん」と呼んだ。亜矢に詫《わ》びをいっているようにもきこえた。

円佳は二台目の車に乗るように女性警官に背中を押された。彼女は後ろを向いた。

そこには音葉が立って、首をかしげていた。

3

倉木円佳と高梨亜矢は、生田署から松本署へ移送され、先ず円佳が取り調べを受けた。取り調べを受け持ったのは道原である。

「あんたは、静岡市の生まれなのに、新潟からやってきたと偽って、松本市の上条夫婦に、家事手伝いとして雇われた。上条夫婦からはたいそう気に入られていたが、ある日、何者かによって上条家は放火された。……あんたには放火した犯人が分かっていた。どこのだれだった」

「清水の味川星之助という人です」

「味川とあんたは、どういう間柄だったのか」

「わたしが清水にいるとき、知り合った人でした」

「どういう間柄だったのかをきいているんだ」

道原は拳でひとつテーブルを叩いた。

「わたしは清水で、夜のアルバイトをしていました」

彼女の声は少し小さくなった。

「アルバイトの内容を話しなさい」

「ホテルで、男の人と、一時間ばかり会っている仕事です」

「その仕事を何年も前からやっていたのか」

「一年ぐらいです」

「何歳の時から」

「二十三からでした」

「味川は、あんたのいわば得意先だったんだね。清水にいるあいだに、何度も会っていたのか」

「三回か四回です」

味川は彼女のことを、「好きだ」といって、たびたび電話をしてくるようになった。彼女は彼を好きにはならなかった。会っているあいだだけ、彼の自由になっているだけだった。だが彼はまるで溺《おぼ》れるように、執拗《しつよう》に電話をよこした。彼女が愛人にでもなったように勘違いしている節があった。

彼女は、忙しいとか、都合がつかないと電話でいうと、脅迫めいた言葉を投げてきた。

彼女は、「もう、あなたとは会えない」といって、松本へ逃げた。そして上条夫婦の家事手伝いとして就職した。

円佳が松本に住むようになって一年あまり経ったある日、上条家のある深志で、味川の姿を見て不安を覚えた。彼女の住所を見つけたらしかった。味川は、上条家を訪ねてきそうな気がした。

上条家が火災に遭ったのは、円佳が味川の姿を認めた次の日であった。上条夫婦は、かかりつけの医院へ出掛けていた。円佳は買い物をすませてもどってきた。と、上条家は炎に包まれていた。彼女は腰を抜かし、道路の端にすわり込んだが、上条夫婦の安否が気がかりになり、黒い煙を上げている家の周りをさがし歩いた。

家にはだれもいなかったのだから、火の不始末ではなかった。円佳は、消火活動が行われ、燃える家を遠巻きにしている人たちのなかに、味川星之助がいるような気がした。味川は、円佳が上条家で働いているのをつかみ、彼女を殺す目的で火を付けたものと確信した。家のなかに夫婦と円佳がいたとしたら、三人は黒焦げになっていたかもしれない。

消防も警察も、上条家の昼火事を放火と認めた。

火事の九日後、円佳は清水へいって、味川に電話した。「会いたいが、都合は」と尋ねてみた。すると彼は、躍り上がるような声を出した。喜んでいるのだった。「すぐに会いたいが、どこにいる」ときいた。

「久しぶりに、日本平からの富士山を眺めたいの。都合がよかったら日本平で」と円佳がいった。味川は、会えるのならどこへでもいく、というような返事をした。彼女は、美ノ山ホテル入口付近の梅園で会う約束をした。

味川は、約二時間後、薄い色のジャケットを着て約束の場所へ現れた。円佳の姿を見ると、駆け寄ってきて手をにぎった。人目がなかったらその手にキスをしそうだった。

ロープウェイ乗り場が見えたが、雑木林へ彼を誘った。彼は、秘密めいたことを想像しているふうで、彼女に手を引かれて薄暗い林のなかへ踏み込んだ。

「ナイフで味川の腹を刺したんだろうが、彼は、なにかいったか」

道原は、円佳の顔をにらんだ。

「片方の手でわたしの肩をつかんで、わたしの名を……」

彼女は顔を伏せた。

「ナイフをどうした」

「林のなかの地面に差して、埋めました」

倉木円佳に日本平での殺人を自供させたことを、清水署に伝えた。


円佳は舌の先をのぞかせると、水を要求した。シマコが水を汲んだ透明のグラスを円佳の前へ置いた。円佳は頭を下げてから、水を飲み干した。

「松本の水は旨いだろ」

道原がいったが、円佳は返事をしなかった。

「あんたは、もう一件の殺人事件にからんでいる」

道原は、ノートを音をさせてめくった。

「静岡の不動産業の社長の戸祭君房という男性と、何度か会っていただろう。夜の商売の得意先の一人だったのだな」

道原が拳をにぎってきくと、円佳はわずかに首を動かした。

「あんたは、妹分のようにしていた高梨亜矢に、ナイフを渡したのだろう」

円佳は急に寒さを覚えたような身震いをした。

「ナイフは、どこで買ったんだ」

円佳は三、四分黙っていたが、安曇野市のスーパーで買ったと答えた。

「そのナイフを亜矢に持たせ、戸祭という男の腹を刺せと指示した。いや、名前などは教えなかったろう。ただ城東の信号を渡ってくる男を待ち伏せしていて、あの男だ。腹に体当たりをするようにして、刺せと、背中を押したんだろう。亜矢はあんたの指示どおりのことをやり、走って現場をはなれ、逃げる途中で道端の井戸の桶へ、ナイフを放り込んだ」

円佳は首を折った。組み合わせた手に額を押しつけた。

「戸祭さんを殺すことにした理由は」

「嫌いになったからです」

蚊の鳴くような声で答えた。

「会いたいといってきたら、もうその商売はやめたとでもいって、断わればよかったじゃないか」

「いいえ。刑事さんには分かっていただけないでしょうが、断わっても、断わっても、諦めてくれない人がいるんです。わたしのほうは商売ですけれど、先方は、愛人のような思い込みをしているんです。冷たくしたり、断わったりすると、こちらが殺されます。……戸祭さんはわたしに、金が必要ならいくらでも出すので、手を切るなんていわないでくれっていわれていました」

「そういう人の愛人になればよかったんじゃないのか」

「嫌《いや》なものは嫌なんです」

彼女は首を横に振り、唇をゆがめた。

「因縁だな」

道原はつぶやいた。

彼女は、「えっ」と小さい声を出して顔を起こした。

「あんたを産んだ人は、横浜市の桜町典正という男に、湯山年嗣さんという塗装業の男性を、外国人を使って、日本平で殺させた。……湯山さんは、あんたの父親だ」

円佳は、手で口をふさいだ。刑事が、父と母を語ったからだろう。

「あんたを産んだ人は、寺村裕子という名だ。新潟市の中学を出て、清水の大川紙業に勤めていた。二十五歳であんたを産んで『まどか』と名付けた。製紙会社に勤めているあいだに、湯山さんと知り合った。お腹が目立ちはじめるのを気にして、会社を辞めた。清水から静岡へ移って、スナックで働いていた。湯山さんは所帯持ちだった。湯山さんには、あんたを可愛がる余裕がなかったらしい。裕子さんにも、あんたは重荷だったんだろうね。それで彼女は、泣く泣く、あんたを三保の松原へ置き去りにした。だれかいい人に拾われて欲しいと祈って、木陰に隠れて見ていたんじゃないかな。……裕子さんの祈りが通じてか、通りかかった男性の目にとまった。その人はトラック運転手の倉木修一さんだった。……あんたは暗がりで倉木さんに、『おじさん』と呼んで寄り添ったという。あんたは四歳だった。身も心も凍えていたのだと思う。……倉木さんは、あんたを自宅へ連れていった。自宅には浜子さんという奥さんがいた。そのころの倉木夫婦には子どもがいなかった。あんたは倉木夫婦に育てられることになった。倉木さんは、あんたが穏やかに成長してくれることを希《ねが》っていただろうね」

円佳は、倉木夫婦の姿を思い浮かべてか、涙で光った目にハンカチをあてた。

右手にハンカチをつかみ、左手をジャケットのポケットに入れた。

身体検査をしたときに見たが、彼女のジャケットの左のポケットには、小型のラグビーボールのようなかたちの赤い小石が入っていた。彼女はそれが癖のように、ポケットのなかで手を動かしている。

「ポケットに入れている赤い小石は、お守りなのか」

道原は、円佳の左手を目で差しながらきいた。

彼女はうるむように光った目をまばたいてから、

「三保の松原で、母に棄てられたのを知らず、母がくるのを待っているあいだに拾った石です」


彼女は、ポケットのなかの赤い石を、にぎりしめたようだった。

「亜矢は、どうしていますか」

円佳は突然きいた。

「毎日、取り調べを受けている」

「音葉は……」

「彼女は事情聴取を受けたあと、事件に関係していないことが分かったので、解放した。何日かしたら、クラブ紫で働くことにするといっているらしい」

円佳は胸で手を合わせた。なにかに祈っているようでもあり、亜矢と音葉を偲《しの》んでいるようでもあった。もしかしたら、円佳の耳には音葉のうた声がきこえているのかもしれなかった。


松本にナナカマドの葉が舞い落ちる日、倉木まどかには、殺人、殺人教唆の罪で、死刑がいい渡された。

十一月、キャストの客という神戸の人からまどか宛に、もみじの柄の綸子《りんず》の羽織が、丹後《たんご》の人からはズワイガニが送られてきた。

警察は、なぜ重大事件を起こした犯人にモノを送ってきたのかを考えた。モノを送った両名は架空の名を使っていた。

推測であるが、神戸の人は、綸子の羽織を着たまどかを見たかったのではないか。丹後の人は、まどかと一緒に日本海の蟹《かに》を食べたかったのではないか——。

この作品は2022年10月徳間書店より刊行されました。
なお、本作品はフィクションであり実在の個人・団体などとは一切関係がありません。

徳間文庫

人情刑事・道原伝吉

松《まつ》本《もと》—日本平《にほんだいら》殺《さつ》人《じん》連《れん》鎖《さ》

2024年2月15日 初刷

著者 梓《あずさ》林《りん》太《た》郎《ろう》

発行者 小宮英行

発行所 株式会社徳間書店

東京都品川区上大崎三−一−一 〒141−8202
目黒セントラルスクエア

電話 編集〇三(五四〇三)四三四九
販売〇四九(二九三)五五二一

振替 〇〇一四〇−〇−四四三九二

印刷
製本 大日本印刷株式会社

ISBN978-4-19-894921-1